어제보다 나은 사람

—

어제보다 나은 사람

초판 1쇄 발행 2022년 6월 17일

지은이 최갑수
펴낸이 최갑수
디자인 형태와내용사이

펴낸 곳 얼론북
주소 경기도 파주시 회동길 145 아시아출판문화정보센터
전화 010-8775-0536
팩스 031-8057-6703
메일 alonebook0222@gmail.com
인스타그램 alone_around_creative

ISBN 979-11-978426-0-3 03810

어제보다 나은 사람

최갑수

나를 지키며
더 나은 일과
삶을 향해
나아가는 법

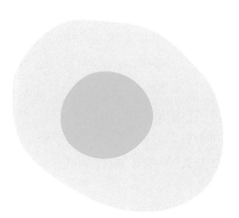

ALONE BOOK

일을 통해
더 나은 사람이 된다는 것

1. 프리 워커, 혼자라는 경쟁력

프리 워커free worker의 시대가 오고 있습니다. 코로나 이후 일과 삶의 방식이 급격하게 변했습니다.

프리 워커는 자신의 삶과 일을 주도적으로 해나가는 사람을 말합니다. '혼자' 일하지만, 다른 프리 워커와 협업co-work 합니다. 어디에도 소속되지 않지만, 어디에나 소속됩니다.

그의 경쟁력은 자기 자신입니다. 시장의 변화를 파악하고 유리한 위치를 선점합니다. 다른 프리 워커와의 협업을 통해 확신을 만들어내고, 이 과정에서 만들어진 신뢰를 바탕으로 새로운 시장을 개척합니다.

2. 완벽이 아니라 완성을 향해 갑니다.

프리 워커는 회사가 아니라 자신을 위해 일합니다. 돈도 좋지만, 재미있는 경험과 의미 있는 가치를 더 중요하게 생각합니다. 그래서 자기관리를 하고 끝없이 노력합니다. 그는 인생이 긴 여정이라는 사실을 알고 있습니다.

그는 결과보다 과정을 중요하게 여깁니다. 실패를 극복하고, 실패에서 교훈을 얻어내죠. 좋아하는 일을 잘하려고 하고, 잘하는 일을 좋아하려고 합니다. 견딜 수 있고, 기다릴 줄 압니다. 그가 포기하지 않는 이유입니다. 프리 워커는 완벽이 아니라 완성을 향해 달려갑니다.

3. 자신의 인생은 자신이 주도합니다.

이제는 일과 삶이 분리되지 않는 시대입니다. 일이 곧 삶이고, 삶이 곧 일입니다. 삶 속에서 일을 하는 동기를 찾아야 하고, 일을 해나가며 삶의 의미를 구현해야 합니다. 삶을 걸고 일을 해야 하고, 일을 통해 삶을 완성해야 하는 것이죠.

프리 워커는 자신만의 방법으로 일하며, 자신만의 속도

로 살아갑니다. 그는 스스로 끝없이 묻습니다. '나는 왜 일을 하는가.' '내가 원하는 진정한 삶은 무엇인가.' 그는 모든 것의 출발점이 자신이라는 것을 알고 있습니다.

그는 일을 하며 자신을 잃지 않으려 합니다. 본질을 지키려고 합니다. 프리 워커는 자기 일을 하며, 자신의 인생을 주도합니다.

4. 새로운 인사이트가 필요합니다.

우리는 100살 가까이 살 확률이 높습니다. 영원히 회사에 머무를 수는 없습니다. 언젠가는 독립해야 합니다. 지금 프리 워커가 아니더라도, 언젠가 프리 워커로 살 삶을 준비해야 한다는 말입니다.

세상의 흐름은 바뀌었고, 그 흐름에 맞는 새로운 인사이트insight가 필요합니다. 이 책에는 제가 20년 동안 프리 워커로 일하고 살아가며 알게 된 여러 사실과 깨달음, 노하우를 담았습니다. 이야기는 일에서 시작해 삶에서 끝이 납니다.

포기하지 마라, 힘내라, 극복해라. 이런 말은 하고 싶지 않았습니다. 대신 우리가 왜 포기하지 않아야 하는지, 어떻게 하면 어려움을 극복할 수 있는지, 어떤 방법으로 슬럼프와 매너리즘을 극복할 수 있는지를 알려드리고 있습니다. 이런 구체적인 매뉴얼이 현실에서 맞딱뜨리는 우리의 문제를 해결해줄 수 있으니까요.

비난을 감수하고, 비판을 받아들이고, 질투를 극복해야 하는 이유에 대해서도 이야기하고 있습니다. 이것이 고단한 현실에 지친 우리에게 실제로 위로가 될 수 있다고 생각하니까요.

어떤 태도로 일해야 더 좋은 성과물을 만들 수 있고, 그 성과물을 통해 더 행복한 삶을 만들 수 있다는 사실도 보여주고 싶었습니다. 이것이 그 어떤 응원보다도 더 큰 응원이라고 믿고 있으니까요.

5. 더 나은 사람이 된다는 것

'일하는 마음'과 '살아가는 태도'. 이 두 가지가 이 책의 핵심입니다. 이는 우리 삶의 본질이기도 합니다. 이것만 잘 연습하고 훈련한다면 우리는 일을 더 잘할 수 있고, 더 행복한 삶을 살수 있을 것입니다.

미워할 수 있다는 말은 사랑할 수 있다는 말이기도 합니다. 그러니까 실패할 수 있다는 말은 성공할 수 있다는 말이기도 하죠. 인생은 100미터 달리기가 아닙니다. 마라톤보다 더 긴 거리를 달려야 합니다.

변화와 성장은 늘 한계를 넘어설 때 이루어집니다. 자신의 가능성을 믿으세요. 영화 〈설국열차〉에서 송강호가 이렇게 말했습니다. "너무 오래 닫혀있어서 벽인 줄 알았는데, 사실은 문이다."

　끝까지 가보세요. 끝에서만 보이는 것이 있으니까요. 끝에서만 볼 수 있는 것이 있으니까요. 일의 끝에서 우리는 더 나은 사람이 되어 있을 것입니다.

　이 책이 프리 워커를 꿈꾸는, 일을 통해 삶의 자유에 닿기를 소망하는, 달리는 과정에서 행복을 느끼고 싶은 사람들을 위한 나침반이 되었으면 좋겠습니다.

　　　　　　　　　　　　　　　　　　　　2022년 봄
　　　　　　　　　　　　　　　　　　　　최갑수

차례

2. 성장하는 나 - 점점 더 선명해지는 실력

3. 성숙해지는 나 - 우리는 모두가 대체 불가능한 존재

4. 자유로워지는 나 - 이제 나는 답을 가지고 있다

에필로그

1

시작하는 나
—

자기만의
속도와
리듬으로
—

모든 일은
좋은 방향으로 흘러간다

오늘 첫 레터를 보내드립니다. 지금은 새벽 4시입니다. 새벽 3시부터 이 원고를 쓰고 있습니다. 새벽에 일하는 건 저의 오랜 방식이자 습관입니다. 모두가 잠든 새벽 3시, 고요함으로 가득 찬 이 시간은 제가 하루 중 가장 집중할 수 있는 시간이죠.

첫 레터를 보내려니 조금 떨리네요. 무슨 이야기로 시작해볼까 고민하다가 프리 워커free worker가 됐던 첫날에 대해 이야기하는 것이 가장 좋겠다는 생각이 들었습니다.

2006년 7월 1일, 저는 프리 워커가 됐습니다. 지금도 그날 아침을 생생하게 기억합니다. 8년 동안의 직장생활을 끝

시작하는 나

내고 첫 아침을 맞은 날, 일어나서 갈 곳이 없어 냉장고를 열어 차가운 물 한 컵을 마시고 다시 침대로 돌아와 누웠습니다. 잠이 오지 않아 1시간 동안 천장만 멍하니 바라보았죠. 그리고는 침대를 빠져나와 책상으로 가 노트북을 켜고 무언가를 쓰기 시작했습니다. 그날 이후 지금까지 저는 무언가를 쓰며 살고 있습니다.

그리고 16년이 더 흘렀습니다. '나는 왜 이 일을 하고 있을까?' 하는 의문이 들 때마다 2006년 7월 1일, 책상을 향해 뚜벅뚜벅 걸어가던 그날 아침, 인생의 방향이 약간 각도를 바꾼 그날 아침을 떠올립니다. 그날 아침 제 등을 슬며시 밀어주던 누군가의 손길이 제 인생의 방향을 바뀌게 했습니다. 그리고 지금, 저는 여기에 있습니다.

지금 하고 있는 일에 대해 후회는 하지 않습니다. 살아오면서 이런 후회는 아무런 도움이 되지 않는다는 것을 알게 됐으니까요. 힘들어도 참고, 어려움이 닥쳐도 극복하기 위해 열심히 노력한다면 좋은 결과를 얻을 수 있다는, 조금은 흔하고 고전적인 믿음으로 여기까지 왔습니다. '모든 일은 좋은 방향으로 흘러간다'는 낙관적인 믿음을 저는 가지고 있습니다.

회사를 떠날 때 무섭고 두렵지 않았다고 하면 거짓말이겠지요. '월급을 받는 것만큼 돈을 벌 수 있을까' '글과 사진만으로 생활을 꾸려갈 수 있을까' 같은 걱정이 앞섰습니다. 하지만 결국 사표를 던졌습니다. 이유는 간단했습니다. 제 인생은 제가 주도하고 싶었고, 제게 주어진 시간을 조금은 더 의미 있게 사용하고 싶었기 때문입니다.

많은 사람이 묻습니다. "그때로 다시 돌아간다면 또 사표를 던지겠습니까?"

저는 이렇게 대답합니다. "당연하죠. 더 일찍 회사를 나올 것 같아요."

지금까지 일을 하며 깨닫게 된 건 모든 사람은 일을 하며, 모든 사람은 일을 견디며, 견디는 도중 즐겁고, 행복하고, 성취감을 느끼고, 기뻐한다는 사실입니다.

눈을 뜨면 새로운 하루가 펼쳐집니다. 그 하루는 해야 할 일로 가득하죠. 하루 동안 해야 할 일을 하고, 해야 할 일을 또 합니다. 그 사이 책을 읽고, 음악을 듣고, 누군가를 만나 커피를 마시고, 저녁을 먹고, 맥주를 마십니다. 그 하루가 지나면 또다시 해야 할 일로 가득한 하루가 찾아와 문을 두드립니다. 우리의 인생은 그런 하루하루를 뒤로 보내며 앞으로 나아갑니다.

세상에 내보일 만한 문장을 만들기 위해 고치고 또 고치는 것이 저의 일입니다. 이 과정은 지루하고 힘듭니다. 어리광 부리고 싶을 때도 있고 요령을 피우고 싶을 때도 있습니다. 그럴 때면 눈치껏 어리광도 부리고 요령도 피웁니다.

혼자 일을 하다 보니 책임을 돌릴 곳은 없습니다. 모든 것은 스스로 책임져야 합니다. "스스로의 상처는 스스로 꿰매며 살아가야 한다"라고 『밤의 공항에서』라는 책에 쓴 적이 있습니다.

하루 일을 마치고 잠자리에 들 때마다, 마지막 스트라이크를 던질 때까지 마운드에 홀로 서 있는 투수의 뒷모습이 떠오릅니다. 그는 끝까지 외롭지만, 끝까지 던져야 합니다. 마운드를 내려올 때까지 던지는 것, 게임을 책임지는 것, 그것이 그의 일이니까요.

마지막 공을 던지고 그는 마운드를 내려옵니다.
지난 경기는 잘 던졌지, 오늘 경기도 잘 던졌어. 다음 경기는 더 잘 던질 거야.

하고 싶은 일보다는
해야 하는 일을 하라

어느 분이 제게 이런 질문을 주셨습니다. "내 삶에 책임을 진다는 것은 어떤 것일까요?" 오늘은 여기에 대해 이야기해보겠습니다.

저는 직장인으로 살다가 '어쩌다, 작가'가 됐습니다. 말할 수 없는 어떤 사정으로 어느 날 갑자기 직장을 그만두게 됐고, 다음 날부터 프리 워커로 원고를 쓰기 시작했습니다.

어떻게 보면 운이 좋았다고 할 수도 있습니다. 기자 생활을 하며 글쓰기에 대한 훈련도 할 수 있었고, 그동안 나름대로 만들어 둔 인맥도 있었거든요. 게다가 당시에는 글을 쓸 수 있는 매체가 아주 많았습니다. 신문과 잡지를 비롯해 사외보 등

활자 매체가 넘쳐나던 시절이었습니다. 믿기지 않겠지만, 당시의 사람들은 지하철에서 스마트폰을 보는 대신 신문과 책을 읽었습니다. 신문을 읽다가 뭔가 자료가 될 만한 기사가 나오면 기사를 오려서 수첩에 풀로 붙여 스크랩을 하던 때였죠.

프리 워커로 첫 원고를 쓰던 때가 기억납니다. 글을 쓸 수 있는 개인적인 공간도 따로 없어 주방 식탁에 앉아 노트북의 키보드를 두드렸습니다. 타닥, 타닥, 타닥. 이른 새벽, 첫 원고를 마감한 후 맥심 가루 커피를 타서 마셨던 것 같습니다. 일하는 공간이 바뀌었고 출근할 장소가 사라진 것일 뿐, 원고를 쓴다는 사실에는 변함이 없었던 그런 새벽이었습니다.

그날 썼던 원고가 무슨 내용이었는지는 기억나지 않습니다. 강원도 횡성 여행에 관한 원고였는지, 일본 규슈의 료칸에 관한 원고였는지, 지금까지 경험한 세계 최악의 공항에 관한 원고였는지 전혀 기억이 나질 않는군요. 하지만 하나 확실한 건, 그날 쓴 원고는 '원고 그 이상도 그 이하도 아니었다'라는 점입니다. 그 원고의 의미는 '6,000자 분량의 일', 단지 그것뿐이었습니다.

클라이언트에게 워드 파일을 첨부한 이메일을 보내고 나니 베란다 너머로 동이 터왔습니다. 천천히 다가오는 아침을 바라보며 '나쁘지 않은 시작이군' 하고 생각했던 것 같습니다.

그렇게 받은 첫 원고료가 30만 원이었습니다. 기자로 받던 월급에 비하면 형편없었지만 뭐, 첫 시작이었으니까요.

여행을 좋아하지 않는 여행 작가

프리 워커라는 링에 오른 그날 아침 이후, 어떻게 이 링에서 계속 버텨낼 수 있을까 하는 고민이 시작됐습니다. 프리 워커로 일하며 생활을 이어가야 하는 삶이 시작됐다는 의미겠죠. 이는 여행을 콘텐츠contents로 만들어 돈을 벌어야 한다는 뜻입니다. '여행자'와 '여행 작가'의 구분점은 명확하죠. 여행자가 '여행을 하는 사람'이라면 여행 작가는 '여행 콘텐츠를 만드는 사람'입니다.

저는 할 수만 있다면 여행을 하며 살고 싶었습니다. 아시다시피 지금 시대는 누구나 여행 작가를 할 수 있는 시대입니다. 노트북과 카메라만 있으면 되니까요. 서점에 가면 여행 에세이가 넘쳐납니다. 많은 이들이 일주일 혹은 한 달 동안 여행을 다녀와 여행 에세이를 뚝딱 만들어냅니다. 이는 그만큼 경쟁이 치열하다는 뜻이기도 하겠죠.

저는 여행이라는 일을 잘하기 위해 최신형 디지털카메라와 고성능 렌즈를 샀고 맥북과 포토샵 프로그램을 구입했습니다. 그리고 취재 여행을 위해 튼튼한 SUV도 마련했습니다. 좋은 콘텐츠를 만들기 위한 일종의 '시설 투자'였던 셈이죠. 이후 필요할 때마다 장비를 업그레이드하며 20여 년 동안 여행 작가로 일해 오고 있습니다. 그리고 깨닫게 됐죠. 프리 워커로 일하며 사는 삶 역시 회사원과 별반 다르지 않다는 것을요. 능력이 있어야 하고, 인맥을 쌓아야 하며, 임기응변이 필요하고, 운과 행운도 어느 정도는 따라주어야 하더군요.

그동안 주위의 많은 선후배 작가들이 이 일을 그만두는 것을 보아왔습니다. "버티기가 너무 힘들어요." "여행은 좋아하지만 이 일을 하며 살기엔 전 아직 능력이 안 되나 봐요." "3년이나 이 일을 했지만 수입은 여전히 그대로예요. 이젠 지쳤어요." "여기까지가 한계인 것 같아. 이젠 다른 일을 찾아야겠어." 땀에 젖은 수건을 걸치고 링을 떠나는 그들의 뒷모습을 보며 더 버텨보라고 말하고 싶었지만, 차마 그러지를 못했습니다. 안타깝지만 자신의 일과 운명은 스스로 선택하는 것이니까요. 제가 그들에게 해줄 수 있었던 건 약간의 격려와 한 줌의 위로가 전부였습니다.

이 글을 쓰며 제가 여기까지 올 수 있었던 이유에 대해 다시 생각해 보았습니다. 여러 가지 이유가 있겠지만 '일을 일이라고 생각하고 일하는 습관'을 만들었기 때문이 아닐까 하는 생각이 들었습니다. 어폐가 있는 말 같지만, 저는 '여행을 좋아하지 않는 여행 작가'입니다. 저는 여행을 좋아하지만 자주 여행이 싫고, 때로 여행을 지겨워합니다. 취재를 마치고 돌아오는 늦은 밤의 휴게소에서, 피곤한 몸으로 도착한 스톱오버의 공항에서, 난방이 되지 않는 엉망진창인 숙소에서 '하루빨리 이 일을 집어치워야지' 하고 생각합니다. 그것도 자주 그럽니다. 농담처럼 이렇게 말하곤 하죠. "회사원이 회사에 가기 싫어하듯이, 여행 작가인 저 역시 여행 가는 것을 싫어한답니다."

직장은 돈을 버는 곳입니다

제가 여행을 별로 좋아하지 않는 또 다른 이유는 여행이 제게 일과 직업이 되었기 때문입니다. 저는 제가 좋아하는 여행을 계속 하기 위해 제가 하고 싶지 않은 일(여행)을 해야 합니다. 왜냐하면 제가 하고 싶은 여행만 하고서는 수익을 만들어 낼 수가 없기 때문이죠. 저는 의뢰받은 여행을 떠나야 하고, 그 여행에서 클라이언트가 만족할 만한 결과물을 만들어 와야 합니다. 여행지의 날씨가 좋지 않아도, 제 몸이 아프더라도, 일정이 어긋나더라도, 사고가 나더라도 어떻게든 만들어내야 합니다. 그러기 위해서 영하 17도의 새벽에 태백산을 올라야 하고, 25킬로그램의 장비를 메고 15일 동안 인도 오지를 헤매야 하죠.

하지만 많은 사람들은 '여행 작가'에서 '여행'이라는 단어만 보고 '작가'라는 단어는 보지 않더군요. 우리는 원하는 삶을 살기 위해, 하고 싶지 않은 일을 해야 하고 만나고 싶지 않은 사람을 만나야 합니다. 여행 작가는 가고 싶지 않은 곳으로, 원하지 않는 여행을 떠나야 하는 사람입니다. 세상 어디에도 원치 않는 일을 하지 않고, 원하는 일만 하며 살아가는 사람은 없습니다.

즐거우면 일이 아닙니다. 여행을 직업으로 삼은 후, 취재를 위해 떠난 여행지는 제게 직장이 됐습니다. 직장생활을 해보신 분은 잘 아실 것입니다. 직장은 기본적으로 피곤한 곳이라는 것을요. 네, 직장은 힘든 곳입니다. 그것도 아주 힘듭니다. 그래서 돈을 주는 겁니다. 직장이 즐겁고 신나는 곳이라면 여러분이 돈을 내고 다녀야하지 않을까요. 힘들겠지만 여기에 있으면서 일을 해달라고 직장에서 돈을 주는 것입니다. 윤홍균의 『자존감 수업』이라는 책에도 이런 구절이 나옵니다. "월급은 '이만큼 줄 테니 부디 참아주세요. 당신의 시간을 이만큼 내가 썼으니 이걸로 대신하세요'라는 뜻의 위로금이다."

직장에서 자아를 찾으려다 보니 문제가 발생하는 것입니

다. 직장은 돈을 버는 곳이지 자아실현을 하는 곳이 아닙니다. 특히 일을 시작한 지 얼마 안 된 사회초년생들이 일에서 자아를 찾으려고 하는데요, 일을 잘하려고 하는 것과 일에서 자아를 찾는 것은 분명히 다릅니다. 단순히 여행을 하는 것과 '여행 작가라는 일'을 하는 것이 명확하게 다른 것처럼 말입니다.

링을 떠나간 이들 중 많은 사람들이 아마도 일과 자아를 동일시했을 수도 있습니다. 저는 '자기만의 세계' 때문에 일을 망치는 경우를 많이 보아왔습니다. 예능 프로그램 〈골목식당〉을 본 어느 평론가도 이렇게 썼더라고요. "그 썩을 놈의 자기만의 세계 때문에 망하고 또 망한다"고요.

식당 주인은 자신의 입맛이 아닌 손님의 입맛에 맞는 음식을 만들어내야 합니다. 여행 작가에게 여행은 '일'이고, 원고는 '제품'입니다. 여행이라는 '소재'를, 글쓰기와 사진 찍기라는 '작업'으로 가공한 후, 원고라는 '제품'으로 완성해, 약속한 시간에 클라이언트에게 '납품'하는 것이 여행 작가에게는 가장 중요하고 우선시되어야 하는 일이겠죠. 배우 성동일 씨가 토크쇼에서 이런 말을 한 적이 있습니다. "연예인이든 사업가든 성공한 사람들의 특징은 자신이 하고 싶은 걸 하기보다 대중이 원하는 걸 선택해서 그걸 잘 해낸 사람이다. 그래서 나는 그들을 존경한다." 동의합니다.

여행작가 아카데미, 사진 교실, 글쓰기 학교 등에서 강의를 할 때마다 수강생들이 저에게 묻습니다. "여행 작가가 되고 싶습니다. 어떻게 하면 될까요." 저는 그들에게 이렇게 대답합니다. "여행 작가라는 일은 지금 하고 있는 일보다 더 어렵고 힘들 거예요. 왜냐하면 그 일은 여러분이 지금 생각하는 것과는 완전히 다른 일이거든요." 그리고 덧붙입니다. "실패할 확률이 아주 높지만 도전한다면 열심히 응원하겠습니다."

기대보다는 각오가 필요하죠

어느 바닥이나 그렇겠지만 이 바닥 역시 좁고 경쟁이 치열합니다. 일은 적고 사람은 많죠. 일이 100개가 있다면, 10명의 작가가 90개를 가져갑니다. 그리고 나머지 10개를 차지하기 위해 90명이 경쟁하죠. 우리나라의 수많은 영화배우들 중 주연과 조연으로 꾸준히 영화에 출연하는 배우는 과연 몇 명이나 될까요. 나머지 무명배우들은 카페와 식당에서 아르바이트를 하고 택배 일을 하며 영화배우로서의 커리어를 겨우겨우 이어갑니다. 작가를 비롯한 프리 워커들의 세계도 이와 다르지 않습니다. 안타깝지만 이게 현실입니다.

그래서 일에는 기대보다는 각오가 필요한 것입니다. 조금 난폭하게 말하자면, 일에 자아 따위는 없습니다. 정해진 분량을 정해진 시간에 일정 수준 이상의 퀄리티로 만들어내는 것, 그 이상도 그 이하도 아니라는 겁니다. 중간에 링을 떠나간 많은 이들은 각오는 하지 않고 기대만 했기 때문일지도 모르겠습니다.

게다가 어떤 일이든 잘하게 되기까지는 시간이 걸립니다. 실력을 갖추기까지의 그 기간이 가장 힘든데, 그걸 못 버티는 거죠. 다시 한 번 말씀드리지만, 현실의 어려움을 견디고 헤쳐 나가게 하는 것은 기대가 아니라 각오입니다. 노트북을 열기 전 저는 '의뢰받은 원고는 의뢰받은 원고일 뿐이야. 이건 일이야'라고 속으로 되뇝니다. 원고를 쓸 때마다 이 '각오의 감각'을 잃어버리지 않기 위해 노력하고 있습니다.

그렇기 때문에 클라이언트로부터 의뢰받은 원고에 '뭔가'를 불어 넣으려는 시도는 웬만하면 하지 않으려고 합니다. 뭔가를 하려다 보면 클라이언트의 요구와 어긋나기가 십상이거든요. 저는 그 일을 최대한 잘하려고 노력할 뿐입니다. 이 말은 조금 오해의 여지가 있을 수도 있어 부연하자면, 일의 큰 틀과 가이드라인을 해치지 않는 선에서 특별하게 보이게 할 수 있는 어떤 '장치'를 한다는 정도로 받아들여 주시면 고맙겠습니다. 이건 스킬skill의 일종인데, 장치를 만드는 스킬이 링에서 제가 살아남을 수 있었던 이유이기도 했습니다.

많은 영화와 성공 스토리가 자신의 꿈과 이상을 좇아야

한다고 말하고 있습니다. 영화에서는 그 말이 맞습니다. 왜냐하면 그건 영화이니까요. 성공 스토리에서도 그 말이 맞습니다. 왜냐하면 그건 이미 성공한 사람들의 이야기이니까요. 하지만 우리는 꿈과 이상만을 좇아가다 실패한 사람들의 이야기를 더 많이 알고 있고 또 목격했습니다.

어른은 '거래'를 합니다

좋아하는 일만 하고 사는 사람은 별로 없습니다. 아니, 거의 없습니다. "인생은 짧아요. 좋아하는 일만 하며 살기에도 짧은 것이 인생이에요. 그러니 하고 싶은 일을 하세요." 이런 말을 하는 사람들이 많습니다만, 중요한 건 그들이 당신의 삶을 책임지지 않는다는 사실입니다. "아직 늦지 않았으니 도전해 보세요. 가장 중요한 건 열정이에요"라고 말하는 사람이 있다면 그는 분명 당신의 삶에 그다지 관심이 없는 사람일 것입니다. 저는 그들처럼 무책임한 조언자가 되기는 싫습니다. 시작하기엔 늦은 일이 있고 도전하기에 무모한 일이 있다는 것은 다들 이미 알고 있잖아요.

자, 다시 일과 인생 이야기로 돌아가 봅시다. 저는 자기가 좋아하는 일을 하며 살아야 성공한 인생이라고 생각하지 않습니다. 좋아하는 일을 하는 것과 좋아하는 일을 직업으로 삼는 것은 전혀 다른 문제입니다. 주위를 둘러보세요. 자신이 좋아하는 일을 하며 사는 사람보다 자신이 좋아하는 일을 '못 하며' 사는 사람들이 훨씬 많습니다. 그렇다고 그들이 불행한 삶을 살고 있는 것은 아니잖아요.

저도 많은 의문을 가지고 살아갑니다. 제 일과 인생을 자주 의심하고 때론 회의가 듭니다. 나는 과연 이 일을 좋아하는 것일까? 나는 글을 쓰고 싶은 것일까? 나는 여행을 좋아하는 게 맞나? 작가가 내가 진정 하고 싶은 일일까? 답은 '잘 모르겠다'입니다. 한때 시를 다시 쓰고 싶은 강렬한 열망이 있었지만 지금은 그 마음이 어디 있는지 잘 모르겠습니다. 여행을 가고 싶지만 막상 가려고 하니 상당히 귀찮은 일이라는 생각이 먼저 듭니다.

그렇다면, 만약 제가 작가가 되지 않았다면 더 만족스러운 인생을 살고 있을까요? 그때 회사에 사표를 쓰지 않았다면 지금쯤 임원이 되었을까요? 임원이 되었다면 행복감을 느끼고 있을까요? 임원인 저는 어두운 사무실에 홀로 앉아 지금 이 글을 쓰고 있는 '작가로서의 나'를 부러워하고 있지 않을까요? 이런저런 생각이 드는 끝에 내린 결론은 '지금 쓰고 있는 이 원고를 끝까지 잘 쓰자'입니다. 그리고 나서는요? 시원한

생맥주에 군만두 한 입을 먹고 싶은 생각이 간절할 뿐입니다. 그 정도면 아주 흡족하고 행복한 인생이라는 생각이 들 것 같아요.

다시 맨 앞의 질문으로 돌아가서, '내 삶에 대해 책임을 진다는 건 어떤 것일까요?'에 대한 답을 해보자면 이렇습니다.

좋아하는 일을 하기 위해서는 뭔가를 포기해야 합니다. 그게 시간이든 돈이든 또는 인간이든지요. 인생은 계산이 정확해서 하나를 가져가야만 비로소 하나를 내어 줍니다. 내 삶에 책임을 진다는 건 어른이 된다는 것인데, 그건 하나를 얻기 위해 다른 하나를 기꺼이 내줄 수 있는 '거래'를 할 수 있다는 것 아닐까요.

'하고 싶은 일'과 '해야 하는 일'을 구분하고, '하기 싫지만 해야 하는 일'을 기꺼이 할 수 있을 때, 어른의 삶이 시작되고 프로페셔널로서의 커리어가 만들어지기 시작하는 것 같습니다.

좋은 콘텐츠가 아니라
차별화되는 콘텐츠를

저는 독자를 위해 글을 쓰지 않습니다. 지금까지 제 글을 읽어주신 독자들께는 대단히 죄송하지만 사실입니다. "아니 세상에, 작가가 독자를 위해 글을 쓰지 않는다고요? 그럼 당신은 도대체 누구를 위해 글을 쓴다는 겁니까?" 하고 묻는 분들께 이렇게 대답합니다. "저는 제게 원고 청탁을 한 에디터와 편집장을 위해 글을 씁니다."

"그래도 독자를 가장 우선적으로 고려해야 하지 않나요?" 하고 재차 묻는 분들이 있습니다. 다시 한 번 말하지만, 아닙니다. 이유를 설명을 하자면 이렇습니다. A라는 잡지에서 제게 어떤 원고를 발주했다고 칩시다. A 잡지의 편집장은 내부 기획회의를 할 때 이미 독자의 나이와 직업, 취향 등 모든 것을 고려해 아이템을 정했을 것입니다. 그리고 그 아이템의 취재와 원고 작성 및 사진 촬영에 제가 가장 적합한 작가라고 판단을 내렸기 때문에 제게 일을 맡겼을 것이고요. 잡지의 독자층에 대해 저와 편집장 중 누가 더 정확하게 파악하고 있을까요, 당연히 편집장 아닐까요? 저도 A 잡지의 독자층에 대해 대략적으로는 알고 있지만 편집장보다 자세히 알지는 못할 것입니다. 편집장은 잡지 독자의 구독 정보, 연령별 판매량, 클릭률, 구독 경로 등 구체적인 데이터를 가지고 있고, 매달 잡지를 펴낼 때마다 다양한 경로를 통해 피드백을 받겠죠. 그 데이터를 기반으로 잡지의 콘셉트를 정하고 기사를 기획할 것입니다. 광고주의 의견과 요구도 얼마간 반영이 될 것이고요. 편집장은 감독이고 저는 선수인 셈입니다. 독자는 팬이자 관중이고요.

감독은 경기에서 이기기 위해, 그리고 팬이 열광하는 경기를 하기 위해 전략을 짜고 전술을 펼칩니다. 베스트 11을 기용하고 때론 용병을 쓰기도 하죠. 뛰어난 플레이어는 좋은 기량을 갖고 있을 뿐만 아니라, 감독의 지시를 정확히 파악하고 거기에 맞는 플레이를 펼치는 선수라고 생각합니다. 감독이 제게 왼쪽 풀백의 역할을 맡겼는데 제가 골을 넣겠다고 상대방 골문 앞에서만 어슬렁거리면 팀의 플레이는 엉망이 될 것입니다. 감독은 팀이 패배하는 것을 막기 위해 저를 교체하겠죠. 이런 일이 자주 일어난다면 저는 결국 방출되고 말 것입니다. 일을 하지 못할 수도 있다는 거죠. 그 잡지에 정규직으로 근무하는 기자와 저는 처한 사정이 다르다는 것도 알아둡시다. 저는 외부 인력인 셈인데 이는 언제든 교체될 수 있는 용병이라는 말이겠죠.

원고 청탁을 받으면 그 매체의 기사를 찾아보는 것이 순서일 것입니다. 저는 제게 청탁한 매체의 최근 기사를 찾아 읽으며 어떤 스타일의 글을 써야 하는지, 어떤 스타일의 사진을 찍어야 하는지를 먼저 파악합니다. 완벽하게 그들을 만족시키지는 못하겠지만 최대한 그 매체에 어울리는 원고를 만들고 사진을 찍기 위해 고심하고 노력하는 것, 그것이 기본자세일 것입니다. 그래야 다음에도 청탁이 들어올 것이고요. A 잡지의 편집장은 감성적인 기사와 사진을 좋아합니다. B 잡지의 편집장은 팩트로 가득한 기사 형식의 원고를 좋아하죠. 그리고 사진의 수직과 수평선이 틀어진 걸 아주 싫어합니다. C 잡지의 편집장은 음식에 관한 이야기를 좋아하고, D 잡지의 편집장은 유머러스한 원고를 선호합니다. 저는 그들을 만족시키기 위해 신중하게 단어를 골라 문장을 만들고 각각의 매체 특성을 고려해 사진을 리터치 합니다. 그리고 제목과 전문을 뽑죠. 각 매체마다 리드와 전문을 뽑는 스타일이 다릅니다. 제목을 문장으로 뽑는지, 전문을 몇 문장, 몇 줄로 배치하는지 매체의 특성을 고려해 작성합니다. 그래서 간혹 이런 말을 듣습니다. "작가님은 언제나 '믿을맨'입니다. 저희들이 신경 쓸 게 없어서 너무 좋아요."

일은 일이라고 생각하고 해야 편하고 효율적으로 할 수 있습니다. 냉정하게 이야기하면, 우리는 일을 하고 거기에 맞는 보수를 받을 뿐입니다. 제 일을 가장 먼저 마음에 들어 해야 할 사람은 일을 발주한 클라이언트여야 할 것입니다.

작가에게 가장 중요한 것은 무엇일까요? 물론 좋은 작품을 쓰는 것이겠죠. 하지만 그것만큼 중요한 것이 있습니다. 아니, 어쩌면 더 중요한 일일 수도 있겠습니다. 바로 시장에서 살아남는 것이죠. 작가는 일단 살아남아야 새로운 작업을 할 수 있고 작품을 계속 선보일 수 있습니다. 제가 이전 글에서 작가를 작품으로 자아실현을 하는 사람이기도 하지만 클라이언트와 함께 일을 하고, 성과를 내는 사람이라고 한 것 역시 이런 맥락에서입니다. 시장에 작품을 선보이지 못하는 작가는 작가가 아닙니다.

많은 사람들이 성공하기 위해서는 노력해야 한다고 말합

니다. 100퍼센트 맞는 말입니다. 하지만 노력만 한다고 성공하는 것은 아닙니다. 그런 시대는 이미 지났습니다. 노력한다는 것이 기본이 되어야 하는 것이지, 그것이 유일한 답이 되어서는 안 됩니다. 잘못된 방향으로 열심히 달려가 봐야 잘못된 방향으로 계속 달려가기만 할 뿐입니다. 전략적으로 사고하고 영리하게 행동해야 합니다. 일에는 일머리가 필요한 법입니다.

만약 당신이 일을 시작해 3년 정도의 시간이 지났다면 당신이 속해 있는 시장의 흐름과 판의 변화 등을 대략적으로나마 가늠할 수 있을 것입니다. 어떤 콘텐츠를 만들어야 이 링에서 버티고 살아남을 수 있을지 대충 감이 올 것이고요. 당신이 속한 시장에서 여전히 유효한 콘텐츠를 만들 자신이 없다면 하루빨리 그 시장을 떠나는 것이 옳은 판단일 수도 있습니다. 경험을 이야기하자면, 저는 여행 작가로 일한 지 3년 정도 지났을 때 기존의 여행 작가들과 차별화되는 ('더 좋은'이 아닙니다) 콘텐츠를 만들 수 있다는 자신이 들었습니다. 저만의 자리를 찾고 거기에 깃발을 꽂을 수 있겠다는 생각이 들더군요.

일을 계속해 나가겠다면 전략을 세워야 합니다. 내가 어디에 강점이 있는지 파악하고 있어야 하고, 다른 작가들은 어떤 글을 쓰는지 알아야 하고, 요즘 유행하는 사진은 어떤 톤인지를 연구하고 분석해야 한다는 것이죠. 이는 우리가 끊임없이 공부를 해야 하는 이유이기도 합니다. 좋은 콘텐츠는 그냥 만들어지지 않습니다. 하늘에서 뚝 떨어져 내리는 것이 아닙니다. 참 피곤하죠. 하지만 일을 한다는 것은 원래 피곤한 것이니 어쩌겠습니까.

세계는 변화하고 있습니다. 그것도 아주 빠르게 변하고 있습니다. 일의 방식도, 트렌드도, 시장이 요구하는 콘텐츠의 형식과 내용도 바뀌고 있습니다. 앞서 말씀드렸다시피 저는 2006년부터 프리 워커로 일했습니다. 2006년부터 2018년까지 제가 느낀 변화보다 최근 4년 동안 체감한 변화의 크기와 속도가 더 크고 빠릅니다.

게다가 코로나가 시대를 훌쩍 앞당겨 버렸습니다. 판이 많이 바뀌었습니다. 주위를 둘러보니 이 변화에 대응하는 자세는 크게 두 가지로 나뉘더군요. 첫 번째는 고집을 지키는 것, 두 번째는 변화를 따라가며 적응하는 것. 저는 두 번째 방법을 선택했습니다.

작가에겐 일을 계속해 나가는 것이 무엇보다 중요합니다. 당신이 일을 계속하고 있다는 건 당신이 좋은 콘텐츠를 만들고 있다는 시장의 증명이기도 합니다. 그렇다면 일을 계속하기 위해 어떤 전략을 세워야 할까요. 송길영 바이브컴퍼니 부사장이 최근에 펴낸 책 『그냥 하지 말라』에 이런 구절이 나오더군요. "Just do it이 아니라 Think first를 해야 합니다." 이 말이 아마도 일머리를 가져야 한다는 뜻이 아닐까요.

벌써 동이 터오네요. 내일 또 이야기를 이어가도록 하겠습니다. 아마도 '하고 싶은 일'과 '좋아하는 일' 그리고 '잘하는 일'에 대한 이야기가 될 것 같습니다. 여러분은 세 가지 일 중 어느 일을 가장 하고 싶으신가요?

작가에게 가장 중요한 것은 무엇일까요? 물론 좋은 작품을 쓰는 것이겠죠. 하지만 그것만큼 중요한 것이 있습니다. 바로 시장에서 살아남는 것이죠. 작가는 일단 살아남아야 새로운 작업을 할 수 있고 작품을 계속 선보일 수 있습니다.

이길 수 있는 자리를
찾아간다는 것

좋아하는 일을 직업으로 삼고 사는 사람이 많지 않다고 말씀
드린 적이 있습니다. 열심히 노력하는 것도 좋지만 전략을 가
지고 할 필요가 있다는 것도 말씀드렸습니다.

오늘은 '좋아하는 일'과 '잘하는 일'에 대해 말씀드릴까 합
니다. 많은 분들이 좋아하는 일을 하는 것이 맞을까, 잘하는
일을 하는 것이 맞을까를 고민합니다. 그런데 이 두 가지 사이
에서 고민하는 것은, 일을 하다 보면 사실 큰 의미가 없다는
것을 알게 됩니다. 야마구치 슈와 구스노키 겐이 쓴 『일을 잘
한다는 것』에 좋은 예가 나와 있습니다. 다메스에라는 허들
선수에 대한 이야기인데요, 정리하자면 이렇습니다. 일본의
프로야구 1군 선수는 대략 300명이라고 합니다. 2군 선수까

지 합치면 800명 정도 된다고 하네요. 그러니까 그 800명 안에 들어가면 먹고는 사는 거죠. 하지만 육상은 경우가 다릅니다. 100미터 달리기, 400미터 허들 등 일본에서 250위 안에 든다고 해도 아무 의미가 없습니다. 이 종목에서 먹고 살려면 세계 10위 안에는 들어가야 합니다.

다메스에 선수는 처음에 100미터 달리기 선수로 출발했지만 먹고 살 수가 없어서 허들로 종목을 바꾸어, 나중에는 일본 대표로 올림픽에도 출전하게 됩니다. 야마구치 슈와 구스노키 겐은 이 예를 '자신의 자리'에 관한 이야기로 해석해서 들려줍니다. 주어진 규칙 안에서 오로지 노력만 한 것이 아니라 자신에게 유리한 경기나 규칙 또는 '이길 수 있는 자리'를 찾아갔다는 것이죠. 제가 말한 전략을 가져야 한다는 것이 바로 이 말입니다.

저는 시를 쓰고 싶었고, 시를 쓰며 먹고 살고 싶었지만, 그건 현실적으로 힘들다는 것을 알았습니다. 우리나라에서 시만 쓰고 살아가는 전업 시인이 몇 명이나 될까요. 게다가 시인들이 있는 링은 너무 치열하더군요. 저보다 훨씬 뛰어난 실력을 가진 선수들이 이미 링에 가득했습니다. 제가 거기에 올라가 봐야 의미 없는 싸움이 될 것 같았습니다. 그 링 위에 한번쯤 서보고 싶었지만, 그곳이 제가 머물러 있을 자리는 아니라고 판단을 했고, 미련 없이 링을 내려왔습니다. 지금도 그 링에 섰다는 것만으로 충분히 만족하고 있습니다.

그리고 여행 작가가 됐죠. 여행 작가 일을 하다 보니 이 일에 제가 약간이나마 재능이 있다는 것을 알게 됐고, 일을 계속 하다 보니 이 일을 좋아하게 되더군요.

그렇다면 제가 여행 작가에 재능이 있다는 건 어떻게 알게 됐을까요. 바로 꾸준하게 성과를 냈기 때문입니다. 여행을 다녀와서 여행에 관한 글을 쓰고 사진을 찍어 콘텐츠를 만들었더니 다른 사람이 인정해 주고 제게 그 일을 다시 의뢰하더군요. 다메스에 선수 역시 처음에는 허들을 좋아하지 않았다고 합니다. 좋아하지 않는 일을 하며 올림픽에까지 나가게 된 건데 그건 그가 허들에 재능이 있다는 증거겠죠. 다메스에 선수는 노력과 경험을 통해 나중에 자기가 잘하는 일, 즉 허들에 재능이 있다는 걸 알게 된 것입니다.

많은 이들이 경험이 중요하다고 강조하는 것은 바로 이 때문입니다. 특히 사회 초년생일수록 더 많이 경험해야 합니다. 해보지 않고서는 알 수 없으니까요. 경험은 감각을 쌓게 해줍니다. 그 감각이라는 것은 아마 뇌와 몸이 빅 데이터를 가동하는 것이 아닐까 생각하는데요, 이 감각이 우리의 재능을 찾게 해주는 것이죠.

제가 시를 포기한 건 아닙니다. 지금도 꾸준히 쓰고 있고 시를 쓰는 그 시간이 제게는 너무 소중합니다. 행복감도 느낍 낍니다. 시는 제가 잘 하는 일은 아니지만 좋아하는 일입니다. 저는 제가 잘 하는 일을 하며 돈을 벌고, 좋아하는 일을 하며 만족감과 행복을 느끼고 삶의 의미를 찾습니다. 제가 시만 써서 살겠다고 마음을 먹고 시만 쓰고 살아왔다면, 지금처럼 행복감을 느끼고 있을까요. 한 번 생각해 볼 문제입니다.

이제 세상이 많이 바뀌었습니다. 비대면이 노멀normal이 되고 인공지능artificial intelligence이 우리의 일에 개입하고 있습니다. 앞으로 프리 워커는 점점 더 늘어날 것입니다. 단순한 업무는 인공지능이 인간을 대신하게 될 것입니다. 좋아하는 일을 한다면 혹은 잘할 수 있는 일을 한다면, 성공할 확률이 더 높다고 생각합니다. 돈은 상대적인 개념이기 때문에 혼자서 일하며 혼자 먹고 살기에 충분하다고 생각하는 만큼 돈을 벌수 있다면, 대기업 회장 못지않은 만족감을 느끼며 살 수 있을 것입니다.

우리는 모두 재능을 가지고 있습니다. 다만 그 재능을 모르고 있을 뿐이죠. 일찍부터 자기가 가진 재능을 알아채고 그 재능을 활용해 성공하는 사람은 운이 좋은 겁니다. 다메스에 선수 역시 허들이라는 재능을 늦지 않게 알게 됐고 그 재능을 살렸다는 점에서는 어느 정도 운이 좋다고도 말할 수 있겠습니다.

자신이 재능이 있는지, 자신의 실력과 수준이 어느 정도인지는 어떻게 알 수 있을까요. 실제로 행동해 보아야 합니다. '내가 이걸 할 수 있을까?' '에이, 내가 뭘' 하고 부정적인 생각만 하다 보면 스스로가 초라해집니다. 확신, 주관, 가치관, 세계관은 경험을 통해서 생겨나고 성장하고 단단해집니다.

사랑을 고백하기 위해선 일단 사랑하는 사람 앞에 서야 하듯, 재능을 발견하기 위해서는 일단 뛰어들어야 합니다. 좋아하는 일을 해야 할까, 잘하는 일을 해야 할까 하는 질문이 별 의미가 없다는 것은 이 때문입니다. 경험해 보지 않고서는 알 수 없기 때문이죠. 지금 좋아하는 일이 사실은 좋아하는 일이 아닐 수도 있고, 성과를 내지 못하면 나중에 싫어질 수도 있습니다. 반대로 지금 당장은 하고 싶은 일이 아니지만 계속해서 성과를 내다보면 그 일에서 새로운 재미를 찾고 결국에는 좋아할 수도 있는 것이죠.

나의 재능을 잘 살릴 수 있고 내가 두각을 나타낼 수 있는 링, 내가 이길 수 있는 자리를 찾아봅시다. 자신을 세심하게 관찰하고 많은 경험을 하다 보면 가능할 것입니다. 해야 하는 일을 하다 보면 잘 하는 일이 되고, 잘하는 일을 계속 하다 보면 그 일을 좋아하게 될 것입니다.

시작하는 나

못하는 건
안 해봤기 때문이야

인생은 절대로 계획대로 흘러가지 않습니다. 인생은 언제나 우리의 계획을 무너뜨리고 우리를 바라보며 비웃죠.

사실 한 달 전까지만 해도 이 뉴스레터를 발행하겠다는 생각을 해본 적이 없습니다. 하지만 지금 이렇게 매일 아침 뉴스레터를 발행하고 있습니다. 최소 일 년은 발행하겠다고 계획했지만, 그건 또 가봐야 알겠죠. 뉴스레터 발행은 '얼론 앤 어라운드 프로젝트alone&around project'라는 다소 거창한 이름을 붙이고 무작정 시작한 일입니다. 어떻게 해야 할까? 몇 시간 정도 고민하다가 '에이, 어떻게든 되겠지' 하며 덜컥 인스타그램과 페이스북에 '뉴스레터를 발행합니다. 많은 구독 바랍니다' 하고 게시물을 올리고 말았습니다. 주위에 공개적으로 알리면 망신당하기 싫어서라도 열심히 하겠지 하는 마음도 있었습니다.

곧바로 수습이 시작됐습니다. 제가 디자인에는 문외한인데다 다룰 수 있는 프로그램도 없어 워드 프로그램으로 얼렁뚱땅 로고를 만들었습니다. (그래서 좀 볼품이 없습니다) 유튜브를 보며 〈노션notion〉을 공부해 구독 관련 링크를 만들고, 〈스티비stibee〉라는 이메일 발송 프로그램에 가입해 템플릿으로 이메일 편집과 디자인을 했습니다. 그리고 몇 번 테스트를 하고 발행을 시작했습니다. 지금은 시즌1을 마치고 시즌2가 진행 중입니다.

일을 처음 시작할 때는 막막하고 막연합니다. 어느 것부터 손을 대야 할 지 감이 안 오죠. 이럴 땐, 상투적인 말 같지만 그냥 해 나가는 수밖에 없습니다. 글을 쓸 때도 그렇습니다. 어렴풋하게나마 감이 잡히고 윤곽이 만들어지기 전까지는 일단 노트북 앞에 앉아 키보드 위에 손을 올려 두는 수밖에 없죠. '뭐라도 써보자' 하는 마음으로 말입니다. 〈얼론 앤 어라운드〉 뉴스레터도 발송 테스트를 하는 도중 뉴스레터에 담을 콘텐츠에 대한 아이디어가 떠올랐고, 발행을 해나가며 기획을 계속 가다듬고 발전시킬 수 있었습니다.

시작하는 나

지금 제가 하고 있는 일은 대부분 '내가 과연 이걸 할 수 있을까' 하고 고개를 갸웃하던 일들입니다. 제 운명 밖의, 능력 밖의 일이라고 여겼던 그 일들을 생계로 삼고 있습니다. 시가 그렇고 여행이 그렇고 사진이 그렇습니다.

　고등학교 3학년 어느 날, 저는 시를 써야겠다고 결심했습니다. 국문과에 진학하고 싶었지만 불행히도 저는 이과였습니다. 고민을 하다 대입 학력고사를 100여 일 앞두고 담임선생님께 말씀드렸습니다. "선생님, 저는 시를 쓰고 싶습니다. 그래서 국문과에 가야겠습니다." '상담실'에 불려가 '빠따'를 맞았습니다. 선생님이 말씀하시더군요. "국문과 가면 굶어 죽어, 인마." "그래도 가겠습니다." 다음날부터 저는 문과 반으로 옮겨 수업을 들었고, 학력고사를 본 후 국문과에 입학했습니다. 그리고 6년 뒤 저는 어느 문학잡지에 시를 투고해 당선되어 등단했고 3년 뒤 시집을 냈습니다. 아참, 고등학교 때 국문과를 가지 말라고 말리던 선생님은 국어 선생님이셨습니다.

　졸업 후, 시인이라는 타이틀 덕택에 어느 신문사에 문학 담당 기자로 입사할 수 있었습니다. 하지만 기자 일은 재미가 없더군요. 하루 종일 책을 읽고 작가를 인터뷰하는 것이 제가 하는 일의 전부였습니다. 저녁이 되면 인사동으로 가 작가들과 어울리며 술을 마셨습니다. 인생이 낭비되는 것 같았습니다. 결국 2년 동안 문학담당 기자를 한 후 사표를 던지고 나왔습니다. 집에 두 달 정도 놀고 있는데 신문사에서 다시 연락이 오더군요. 편집국장은 다시 들어올 생각이 없냐며 마침 여행 담당 기자 자리가 비었다고 했습니다.

여행기자로 출근한 첫날, 운전면허증도 없고 카메라 셔터를 누르는 법도 모르는 저를 데스크는 한심하다는 눈으로 쳐다보았습니다. "죄송합니다. 앞으로 열심히, 어떻게든 해보겠습니다." 꾸벅 인사를 하고 곧바로 운전면허학원에 등록한 후 충무로로 달려가 중고 필름 카메라를 장만했습니다. 필름을 어떻게 갈아 끼우는지 몰라 한참 동안 끙끙댔던 기억이 지금도 선명합니다.

카메라를 샀지만 사진을 배울 데가 없었습니다. 학원을 다닐 시간적인 여유도 없었죠. 하지만 신문 여행면에 실릴 사진은 만들어내야 했습니다. 매일 아침, 1시간씩 일찍 출근했습니다. 인터넷으로 사진 500장을 보고난 뒤 업무를 시작했죠. 인터넷으로 사진 찍는 법을 뒤져가며 혼자 독학했습니다. 사진부 동기들에게 부끄러움을 무릅쓰고 사진을 보여주며 물었습니다. "이번 사진은 어때?" "발로 찍어도 너보다 낫겠다."

여행 일을 하며 살아온 지 올해로 22년째입니다. 그동안 열다섯 권의 책을 냈습니다. 에세이도 있고 가이드북도 있습니다. 운이 좋았는지 베스트셀러도 두세 권 있습니다. 자동카메라의 셔터도 찾지 못하던 초보 여행 작가는 어느덧 전시회를 두 번이나 열었고요.

정리해보자면 이렇습니다. 이과였던 고3은 국문과에 진학해 시인이 되었고, 신문사에 문학담당 기자로 취직해 여행기자가 됐습니다. 운전도 못하고 사진도 젬병이었던 초보 여행기자는 20년 후 매년 8만 킬로미터를 운전하고 연평균 15회 해외출장을 다니며 유수의 여행 잡지에 글과 사진을 싣는 여행 작가가 됐습니다.

지금 생각해보니, 애초의 계획대로 인생이 진행된 건 하나도 없는 것 같습니다. 장래희망은 희망 사항일 뿐이라고 생각합니다. 고등학교 2학년 때의 꿈과 계획대로 살고 있는 사람이 얼마나 될까요.

우리가 살고 있는 이번 인생은 모두에게 처음입니다. 매일 아침 눈을 뜰 때마다 우리는 처음의 아침과 만납니다. 그러니까 우리가 이번 생에 서툰 것은 어쩌면 당연한 일이고, 우리가 저지르는 실수 역시 어쩔 수 없는 일인 것입니다. 우린 모두 이번 생을 처음 살고 있으니까요.

두려움과 막막함을 극복하는 가장 좋은 방법은 일단 해보는 겁니다. 시간과 비용을 따지는 건 그 다음이죠. 생각이 많아지면 미룰 핑계만 찾게 되고 하지 않아야 할 이유만 쌓여

갑니다. 그러다가 결국 포기하게 되죠.

하다 보면 보이는 것들이 있습니다. 해보고 안 되면 왜 안 될까 생각하고 방법을 바꾸면 되잖아요. '내가 잘하지 못하는 건 안 해봤기 때문이야.' 이런 마음을 가지고서 일단 시작해 봅시다.

단번에 되는 건 없습니다. 특히 콘텐츠를 만드는 일은 시간의 누적과 작업의 궤적이 중요합니다. 나에 대한 비관과 절망, 남에 대한 감탄과 질투를 반복하며 꾸준하게 작업을 계속하다 뒤돌아보면 어느새 멋진 결과물이 완성되어 있을 것입니다.

세상에는 두 종류의 사람이 있습니다. 뭐라도 저지르는 사람과 그렇지 않은 사람. 저지르고 수습하다보면 뭐라도 만들어져 있겠죠.

우리가 살고 있는 이번 인생은 모두에게 처음입니다. 매일 아침 눈을 뜰 때마다 우리는 처음의 아침과 만납니다. 그러니까 우리가 이번 생에 서툰 것은 어쩌면 당연한 일이고, 우리가 저지르는 실수 역시 어쩔 수 없는 일인 것입니다. 우린 모두 이번 생을 처음 살고 있으니까요.

잡을 수 없는
별을 잡기 위해

꾸준함이라는 재능

"잡을 수 없는 별을 잡으려고 노력하면 좋은 연주가 나오더라고요."

피아니스트 조성진이 어느 인터뷰에서 이렇게 말했습니다. 이 말을 듣고 '아, 이런 천재도 죽도록 노력하는구나' 하는 생각이 들었습니다. 다시 한 번 제 작업과 일하는 방식에 대해 돌아보고 반성하게 되더군요.

저 역시 『밤의 공항에서』에서 이렇게 쓴 적이 있습니다.

"더 이상 못하겠다고 주저앉는 순간, 그 순간 이를 악물고 다시 일어서서 1미터를 전진시켜야 한다. 그 1미터가 실력이 되어 쌓인다. 무리해야 했던 그 부분이 내가 모자라는 부분인데, 나는 그 '무리'를 통해 부족한 부분을 채워 넣을 수 있다."

사진을 처음 배울 때가 떠오릅니다. 신문사에 근무할 때, 문학담당 기자로 일하다가 여행기자가 되었습니다. 여행기자는 사진을 직접 찍어야 하는데, 문제는 제가 사진을 한 번도 찍어본 적이 없다는 것이었습니다. 똑딱이라고 부르는 조그마한 자동카메라조차 다룰 줄 몰랐습니다.

그래도 어떻게든 일은 해야 했으니 여행기자로 출근하기 전, 남대문 시장에서 중고 필름 카메라를 사고 교보문고에서 사진 입문서도 서너 권 구했습니다. 그렇게 사진 공부가 시작됐습니다. 책을 뒤지고 인터넷을 찾아가며 구도와 조리개, 셔터 스피드 등 사진에 대해 하나하나 배워갔습니다. 조리개는 개방할수록 뒤가 흐려지고, 움직이는 피사체를 찍을 때는 셔터 스피드를 빠르게 조정해야 하고, 어두운 피사체를 찍을 때는 어둡게 찍어야 하고…… 아, 복잡하고 어렵더군요.

그때만 해도 디지털카메라가 보급되기 전이었습니다. 사진을 찍는다는 것이 지금보다 훨씬 어렵고 전문적인 영역의 일일 때였죠. 출장을 갈 때마다 사진 책을 들고 다니며 틈틈이 읽었습니다. 책이 시키는 대로 따라 찍었습니다. 제 나름대로 '노출 기록지'라는 것을 만들어 사진을 찍을 때마다 조리개와

셔터 스피드, 빛의 방향, 찍은 시간 등을 기록했습니다. 출장에서 돌아와 현상한 필름과 노출 기록지를 일일이 대조해가며 뭐가 잘못됐는지를 꼼꼼히 살폈죠.

모든 일이 그렇듯, 공부를 계속하니 실력이 조금씩이나마 늘더군요. 3년 정도 열심히 찍다 보니 그럭저럭 지면에 사진을 실을 만한 실력을 갖추게 됐습니다. 20년이라는 시간이 흐른 지금, 운전도 못하고 자동카메라도 다룰 줄 모르던 풋내기 여행기자는 1년에 6만 킬로미터 이상을 운전해 다니며 사진을 찍고 글을 쓰는 여행 작가로 살아가고 있습니다.

저 자신이 재능이 있다고 생각하지 않습니다. 첫 원고를 썼던 새벽의 식탁에서 20년의 시간을 지나와 이 원고를 쓰고 있는 지금까지, 제가 재능이 있다고 생각해 본 적은 단 한 번도 없습니다. 그냥 매일매일 일을 했을 뿐입니다. 식탁에서, 책상에서, 카페에서, 기차에서, 비행기에서 깜빡이는 커서를 바라보며 키보드를 두드렸을 뿐이죠. 출장을 간 낯선 호텔의 어두운 방에서 어떤 신호처럼 깜빡이는 커서를 볼 때마다 묘한 위안의 감정을 느끼기도 했고 두렵기도 했습니다. 어쩌면 커서의 그 깜빡임이 제 등을 밀고 재촉하며, 때로는 응원하고 위로하며, 여기까지 오게 했다고 할 수도 있겠군요.

저는 재능보다는 꾸준함이 중요하다고 믿습니다. 그 꾸

준함은 '연습과 훈련'을 말하는 것일 수도 있겠죠. 저 역시 매일매일 원고를 쓰고 고치고, 쓰고 고치고, 또 쓰고 또 고치는 생활을 반복하며 여기까지 왔습니다.

한계는 넘어서라고 있는 것

변화는 아주 서서히 일어납니다. 하루아침에 갑자기 인생이 바뀌는 일은, 안타깝지만 그런 일은 거의 일어나지 않습니다. 영화나 드라마에서는 갑자기 영감을 받아 작품을 완성하는 경우가 있지만 현실에서는 전혀 그렇지 않습니다. 원고지 1,000매를 완성시키기 위해서는 매일매일 10매씩 100일 동안 써야 합니다.

흔히들 열심히 하는 사람은 즐겁게 일하는 사람을 따라잡을 수 없다고 말합니다. 미안하지만 그건 아닌 것 같습니다. 서장훈 선수가 이런 말을 한 적이 있습니다. "무책임하게 여러분의 청춘을 응원한다. 뭐 아프니까 어쩌고 이런 건 다 뻥입니다. 노력하는 자가 즐기는 자를 못 따라간다. 그것도 다 뻥이에요. 즐기면서 이뤄낼 수 있는 건, 저는 단연코 없다고 생각합니다. '나는 큰 성공을 바라지 않고 그냥 즐겁게 살래. 돈이 없어도 돼' 하시는 분들은 괜찮아요. 그런데 내 꿈을 어느 정도 이뤄보겠다, 내가 원하는 곳까지 가보겠다 하는 분들은 피나는 노력을 해야 합니다.”

저 역시 같은 생각입니다. 성공하고 싶다면 극한의 고비를 경험해야 합니다. 그런데 불행한 건, 그렇게 노력한다고 해도 성공한다는 보장이 없다는 것입니다. 모든 것을 걸고 몰입하다 보면 행복한 순간을 느낄 때도 있겠지만, 노력하지 않고 즐기기만 하면서 자신이 원하는 성공을 이룰 수는 없습니다. 프로게이머도 게임을 즐기면서 하지는 않을 것입니다. 취미처럼 즐긴다는 것은 그냥 취미처럼 즐기는 것일 뿐, 그 이상도 이하도 아닙니다.

많이 해보는 것도 무엇보다 중요합니다. 양이 우선되어야 한다는 뜻입니다. 특히 처음 시작할 때일수록 많이 해봐야 합니다. 피카소와 샤갈은 그들이 천재라서 그림을 한 장만 쓱쓱 그려 명작을 만들어 낸 것이 아닙니다. 수천 장의 습작을 그린 다음에야 비로소 한 장의 명작을 그려낼 수 있었던 것이죠. 조선시대 그림을 그리는 관청인 도화서는 당대 최고의 화원들이 모이는 곳입니다. 천재 화가 김홍도도 도화서 출신인데, 도화서에 들어갔을 때 가장 많이 한 연습이 붓으로 직선을 긋는 것이었다고 합니다. 『여덟 단어』라는 책을 쓴 카피라이터 박웅현도 “전문가와 비전문가는 2퍼센트 차이다. 그건 디

시작하는 나

테일을 볼 수 있느냐 없느냐의 차이인데 결국 훈련의 양에 따른다"라고 말했죠. 이 프로세스는 대부분의 직업과 직종에 적용될 것입니다.

일을 하며 우리는 자주 한계에 부딪힙니다. 그 한계 앞에서 우리는 선택해야 합니다. 이대로 멈추고 현상 유지를 하는 것에 만족할 것인가, 아니면 다음 단계로 나아갈 것인가. 한계를 경험한다는 것은 우리의 한계를 넓힐 수 있는 기회가 주어졌다는 뜻이기도 합니다. '한 번만 더! 마지막으로 한 번만 더!'라는 주문을 외우며 조금만 나아가 봅시다.

99도에서는 물이 끓지 않습니다. 물이 끓기 위해서는 1도가 더 필요합니다.

잘 될 거야
지금 안 되고 있을 뿐이지

오늘 새벽, 메모를 정리하다 몇해 전 봄에 해두었던 메모를 보게 됐습니다. 이렇게 씌어 있더군요. "개나리는 개나리의 속도로, 벚꽃은 벚꽃의 속도로, 진달래는 진달래의 속도로 살아간다. 그리고 목련은 목련의 속도로 살아가고 있다. 꽃나무들은 자기만의 속도로 살아가며 결국 꽃을 피운다."

저는 지금 카페에 앉아 이 글을 쓰고 있습니다. 오전 작업을 위해 왔습니다. 작업을 시작하기 전 커피를 마시며 창밖을 바라봅니다. 잠깐 동안의 여유죠. 출근하는 직장인들이 종종걸음으로 걸어가는 광경을 보며 '그래, 이 맛에 프리 워커로 사는 거지' 하고 생각합니다. 작가로, 프리 워커로 살다 보면 가끔 이런 기분을 느끼고는 스스로 뿌듯해 한답니다. 혼자 일하길 잘했다는 생각이 드는 몇 안 되는 순간이라고 할까요. 하지만 이런 기분을 느끼는 건 고작 1~2분이랍니다. 곧 노트북을 열고 자판을 두드려야 하는 것이 현실입니다.

살짝 샛길로 빠졌는데, 오늘 하려는 이야기는 누구나 자기만의 속도로 살아간다는 것입니다. 회사원은 회사원의 속도로 살아가고, 야구선수는 야구선수의 속도로 살아갑니다. 바둑기사는 바둑기사의 속도로 인생을 살아가겠죠.

프리 워커로 살아오는 동안 저와 같은 작가들이 등장하고 또 사라지는 것을 보아 왔죠. 그 목격을 통해 깨닫게 된 건 모든 사람에게는 자신에게 맞는 속도가 있고 그 속도를 유지하는 자신만의 리듬이 있다는 것입니다. 어떤 작가는 4분의 2박자로 걸어가고, 어떤 작가는 4분의 4박자로 걸어가더군요. 그 속도와 리듬에 따라 걸어가다 보면 누구는 일찍 성공이라는 지점에 닿기도 하고 또 다른 누구는 한참 늦은 나이가 되어서야 유명세라는 높은 파도에 올라탑니다.

저는 속도가 아주 느린 편입니다. 아마도 8분의 6박자 정도 될까요? 아무튼 느립니다. 남들보다 한두 걸음씩은 늦은 것 같아요. 마흔 살이 되어서야 겨우 제가 하는 일에 대해 조금은 감을 잡았던 것 같습니다. 요즘에야 비로소 제가 지금까지 살아오면서 참 많은 것을 놓치고 살았구나 하는 생각도 들고, 방향을 잘못 잡은 것이 아닐까 하는 의구심도 듭니다.

그렇다고 후회한다는 건 아닙니다. 돌이켜보니 20~30대의 저는 아주 조급했습니다. 40대에도 그랬던 것 같습니다. 잘나가는 작가들을 보며 부러워하고 질투했던 적이 많았죠. 남들은 저만치 앞서 달리고 있는데 저만 홀로 뒤처진 것 같아 불안해하기도 했고요. '나는 왜 아직 여기에 있는 거지? 제자리만 맴돌고 있는 것 같아, 지금까지 도대체 뭘 하며 살아왔던 거지?' 하고 자책하며 스스로에게 화를 내기도 했습니다.

지금 주위를 둘러보니 그때 잘나갔던 작가들 가운데 보이지 않는 이들이 꽤 많습니다. 그들 중에는 오버 페이스over pace한 나머지 일찌감치 포기한 이들도 있을 것이고, 싫증이 나서 그만뒀거나 더 좋은 곳을 찾아 떠난 이들도 있을 것입니다. 이는 성공과 실패의 문제와는 또 다른 문제입니다만, 아무튼 주위에 남아 있는 사람이 지금은 몇 안 됩니다. 다들 어디서 뭘 하고 있을까요.

어쩌면 저 역시 그들에게는 사라진 작가일 수도 있겠죠. 하지만 이제는 그런 것에 그다지 신경 쓰거나 연연해하지 않습니다. 저는 제가 아직 성공하지 못했다는 걸 알고 있고, 성공으로 가는 과정에 있다는 것 역시 알고 있기 때문이죠. 제게 중요한 건, 저는 더 노력할 것이라는 것과 저에겐 아직 더 좋은 작품을 만들 시간이 남아 있다는 것입니다.

봄에 할 수 있는 일이 있고 여름에 할 수 있는 있듯, 20대에 할 수 있는 일이 있고 30대에 할 수 있는 일이 있습니다. 씨앗은 봄에 심어야 하고 열매는 가을에 따는 법이죠. 이런 말이 있더군요. "20대에는 자신을 발견하고, 30대에는 실력을 쌓아야 한다. 돈에 관심 가질 나이가 아니다. 40대에는 그 실력을 돈과 바꾸어야 한다. 그리고 50대 이후에 진짜 게임이 시작된다."

조급해하지 말았으면 좋겠습니다. 인생은 긴 게임입니다. 일을 하다 보면 자신에게 맞는 속도와 리듬을 알게 되고, 자연스럽게 그 속도와 리듬에 올라타는 날이 올 것입니다. 소설가 박완서 선생은 40세에 등단했고, KFC의 창업자 커넬 샌더스Colonel Sanders는 74세 때 체인점 600여 개를 거느린 부호가 됐습니다. 투자 역사상 가장 위대한 투자가로 불리는 워런 버핏Warren Buffett은 그의 재산 가운데 90퍼센트 이상을 50세 이후에 일궜습니다. 이들 말고도 늦게 성공한 사람의 예는 얼마든지 찾을 수 있습니다.

우리의 전성기는 아직 오지 않았습니다. 우리는 이제 막 링에 올라 주먹을 뻗는 법을 배워가는 중입니다. 당신은 언젠가 면도칼처럼 멋진 스트레이트를 쭉 뻗을 수 있을 겁니다. 저도 당신도 지금은 잠깐의 무명시절을 겪고 있을 뿐입니다.

시작하는 나

조급해하지 말았으면 좋겠습니다. 인생은 긴 게임입니다. 일을 하다 보면 자신에게 맞는 속도와 리듬을 알게 되고, 자연스럽게 그 속도와 리듬에 올라타는 날이 올 것입니다.

한 번 날아본 기억이
다시 날아오르게 한다

일이 잘 되는 데는 이유가 적지만, 일이 안 되는 데는 이유가 백 가지도 넘는 법입니다. 일을 하다 보면 온갖 이상한 이유로 하던 일이 엎어지는 경우를 겪게 됩니다. 클라이언트와 미팅을 하고 수많은 이메일을 주고받으며 진행되던 일이 말도 안 되는 이유로 어느 날 갑자기 스톱되죠. 실무자와 협의를 다 거쳤지만 윗분 결제 단계에서 틀어지는 경우도 비일비재합니다. 프로젝트를 공동으로 진행하던 사람이 배신을 하는 경우도 있습니다. 함께 고민했던 몇 달 동안의 노력은 그렇다 치고서라도, 이 일에 올인하느라 포기했던 다른 프로젝트는 어떡해야 할까요. 정말 별일이 다 일어나죠. 머릿속이 하얘지고 아무 생각이 나지 않습니다.

살면서 그리고 일을 하면서 경험한 실패를 모은다면 몇 트럭은 될 겁니다. 제가 경험한 실패의 역사에 대해 쓰라고 하면 한 달 정도는 밤샘을 해야 겨우 다 쓸 수 있을 것 같네요.

작가에게 가장 큰 실패는 뭘까요. 아마도 책이 팔리지 않는 것이겠죠. 그런데 불행하게도 대부분의 책은 늘 기대만큼 팔리지 않습니다. 출판 산업은 언제나 불황이고 책을 읽는 독자는 매년 빙하가 녹듯 빠르게 줄어들고 있으니까요. 2~3년 정도 원하는 작품을 쓰지 못하거나 히트작을 만들어내지 못하면 작가들은 이대로 잊히는 게 아닌가 하는 불안한 생각을 합니다. 그래도 절치부심하고 다시 책을 써보지만 또 다시 처참한 실패. 다른 일을 찾아야 하나 고민하지만 어쩔 수 없죠. 할 수 있는 일이 글 쓰는 것뿐이니까요.

작가들이 가장 두려워하는 건 잊히는 겁니다. 독자들이 내 글을 읽지 않는다는 것, 찾지 않는다는 것, 그것만큼 무서운 건 없습니다. 잊히는 걸 두려워하는 하는 건 영화배우나 작가나 똑같습니다. 작가는 다만, 안 그런 척할 뿐이죠.

잊힌다는 게 왜 무서운 일일까요. 그건 자신의 생업이 무너지는 것이거든요. 작가는 쓰지 않으면 '입금'이 되지 않는 사람입니다. 입금이 되지 않으면 작업을 할 수가 없죠. 생활도 안 되는데 작업을 할 여유가 어디 있겠습니까. 작업을 하지 못하면 제대로 된 작품을 만들어내지 못하고, 제대로 된 작품을 만들어내지 못하면 결국 잊히는 겁니다. 자본주의적으로 말하자면, 시장에서 도태되는 거죠. 그래서 무엇이든 써내야 하는 겁니다.

작품 – 작업 – 돈 – 생활 – 작품. 이 모든 것은 맞물려 있습니다. 소설가 김훈 선생이 "내가 노동을 해서 내 입에 밥이 들어간다는 건 숭고한 일"이라고 했는데 그건 돈을 버는 것이 모든 일의 원천이라는 말일 것입니다. 작가는 글 쓰는 일을 생업으로 삼은 사람이고 그 일을 목숨으로 여기는 사람입니다. 마냥 즐겁게 일을 하지 못하는 것도 이 때문입니다.

작가란 무엇일까요. 이렇게 물어보면 많은 사람들이 '글을 쓰는 사람'이라고 답합니다만, 저는 '글을 써서 생계를 이어가는 사람'이라고 생각합니다. 자신이 쓴 글에 대해 국세청에서 원천징수로 3.3퍼센트의 세금을 떼 가는 사람이 작가라는 것이죠. 그렇지 않은 사람은 작가가 아닙니다. 혼자 일기장에 글을 쓰는 사람을 작가라고 부르지는 않죠. 글을 시장에 내보이고 팔아서 독자들에게 평가를 받는 사람이 작가입니다.

시장에서 돈을 받고 글을 판다는 것, 여기에서 책임감과 사명감이 생기고, 다시 여기에서 의욕과 아이디어가 생기고,

시작하는 나

다시 여기에서 작품이 탄생하고, 수많은 작품 중에 명작이 하나 나오는 겁니다. 작가를 인정해 주는 건 문학상이 아니라 국세청입니다.

몇 해 전 준비하고 진행했던 프로젝트가 있었습니다. 시작이 좋았습니다. 1년 정도 진행했는데, 사업모델도 괜찮았고 수익도 나쁘지 않았습니다. 처음 계획했던 대로 잘 굴러가는 것 같았죠. 그런데 코로나가 터졌습니다. 연기, 무기한 보류, 취소. 진행하던 모든 프로젝트가 올 스톱 됐습니다. 몇 달 동안 공황상태가 이어졌습니다. 어떡해야 하지? 여기에 모든 걸 쏟아부었는데…… 저를 믿고 따라주었던 팀원들을 볼 낯이 없었습니다.

하지만 어떡합니까. 우리는 삶을 이어가야 합니다. 한 치 앞도 보이지 않는 미래와 실패와 비관이라는 모래폭풍을 견디며 한발 한발 앞으로 나아가야죠. 계속 나아가다 보면 말끔하게 걷힌 푸른 하늘을 다시 만날 수 있을 것이라는 믿음과 희망을 가지고서 말이죠. 재즈 피아니스트 듀크 엘링턴Duke Ellington이 이렇게 말했습니다. "인생에는 단 두 가지 규칙이 존재한다. 첫째, 포기하지 말 것. 둘째, 첫 번째 규칙을 잊지 말 것." 누구나 실패하고 포기할 이유를 찾습니다. 사람들이 포기하는 이유는 단지 그것이 편하기 때문입니다.

지금도 저는 실패를 경험하고 있습니다. 하루에도 몇 번씩 좌절을 느끼고 포기의 유혹에 시달리죠. 수많은 실패를 경험했지만 여전히 실패가 두렵습니다. 20년 넘게 글을 쓰고 사진을 찍고 책을 펴냈지만 사람들이 기억하는 건 겨우 한두 줄의 문장이더군요. 그동안 뭘 하며 살아온 것일까요. 그렇다고 신나게 놀며 시간을 보낸 것도 아닙니다. 열심히 글을 쓰고 일을 하며 살아왔습니다. 비단 저 뿐만이 아닐 것입니다. 제가 기억하는 레오나르도 다빈치의 그림은 겨우 〈모나리자〉 한 점입니다. 지금 떠오르는 고흐의 작품은 〈해바라기〉와 〈감자를 먹는 사람들〉 〈자화상〉이고, 클림트의 작품은 〈키스〉 정도네요. 그러고 보니, 그들 역시 평생에 걸쳐 실패하고 성공한 것은 겨우 서너 개가 있는 셈이군요. (조금은 위안이 됩니다.)

제게도 여러분에게도 언젠가는 티핑 포인트tipping point가 올 것입니다. 티핑 포인트는 꾸준히 실패했지만 끝까지 포기하지 않은 사람들을 위해 인생이 보내주는 선물입니다.

오늘도 저는 글에 실패하지 않기 위해 글을 씁니다. 글을 계속 쓸 이유를 만들기 위해 매일매일 〈얼론 앤 어라운드〉 뉴스레터를 보내는 것이고요. 쉬지 않고 매일매일 정해진 분량을 글을 쓴다는 것이 극도의 공포지만 뭔가를 만들기 위해서는 이 공포를 극복하는 것 말고는 다른 방법이 없습니다.

오늘도 새벽 3시에 일어나 이 글을 썼습니다. 동이 터 오는 희미한 새벽 앞에서 또 하나의 실패를 만들었습니다. 하지만 멈추지는 않을 것입니다. 인생이란 언제 어디서 어떤 일이 벌어질지 모르는 것이고, 이것이 바로 우리가 끝까지 가봐야 하는 이유이니까요. 지난 실패로부터 피보팅pivoting하며 여기까지 왔습니다. '얼론 앤 어라운드' 프로젝트가 성공한다면 지금까지의 실패는 결과가 아니라 과정으로 기억될 것입니다.

나비는 날기 위해 몸을 데워야 합니다. 추락할 것이 무서워 날기를 포기한다면 영원히 날 수 없습니다. 한 번 날아본 기억이 다시 날아보게 하죠. 커다란 비행기를 띄우기 위해선 긴 활주로가 필요한 법입니다.

이제 날아본 기억을 만들 때입니다.

2

성장하는 나
—

점점 더
선명해지는
실력
—

생각만으로는 아무 것도 이룰 수 없다

벌써 아홉 번째 레터이군요. 오늘부터는 일을 어떻게 하면 잘 할 수 있을까, 그 방법에 대해 이야기해보도록 하겠습니다. 우리가 일을 하는데 실제적으로 적용할 수 있는 여러 가지 방법과 생각법, 도구에 대한 이야기가 될 것 같습니다.

20년 동안 글을 써오며, 한 달에 평균 10꼭지의 글을 마감했다고 하면(강연이나 책 쓰기, 방송, 기타 프로젝트 등 다른 일도 많지만 그건 제외했습니다) 일 년에 대략 120건의 원고를 마감한 셈이군요. 10년이면 1,200건이니까 저는 20년 동안 대략 2,400건의 마감을 했네요. 많다면 많다고 할 수 있는 양입니다. 어떻게 이게 가능했냐면, 스케줄러를 사용했고 끝없이 알람을 맞췄기 때문입니다.(이 부분은 나중에 다시 이야기 할 기회가 있을 것입니다.)

지금까지 일을 해오며, 어떻게 하면 일을 조금이라도 편하게 할 수 있을까, 좀 더 효율적으로 할 수 있을까 하고 고민을 많이 했습니다. 이런 고민은 일을 하는 사람이라면 누구나 하겠죠. 어쨌든 끝없는 고민과 수많은 시행착오 끝에 내린 결론은 일은 '그냥 하는 것'이라는 사실입니다.

일을 해오며, 일은 '차근차근' '꾸역꾸역' '하나씩 하나씩' 해 나가는 것 말고는 다른 방법이 없다는 것을 알게 됐습니다. 일에 지름길 같은 건 존재하지 않더군요. 1에서 출발해 10에 닿는 방법은 2·3·4·5·6·7·8·9를 거쳐 10에 닿는 것밖에는 없었습니다. 4와 7을 건너뛰었다면 언젠가는 다시 돌아와서 4와 7을 해치워야 했습니다. 그만큼 시간과 노력을 낭비할 뿐이죠.

'오늘 대충이라도 하자' 하는 마음을 가지고 일단 시작하는 것이 중요한 것 같습니다. 그래서 저는 '시작이 반'이라는 말을 아주 좋아합니다. 뭔가를 하기로 마음을 먹었다는 건 뭔가에 이끌렸다는 뜻일 테니까요. 그리고 시작을 한다는 건, '하겠다'는 의지를 스스로 표현한 것이겠죠. 하지 않으면 할 수 있을까 하는 의심이 들고, 걱정이 되고, 일에 대한 공포가 마음속에 똬리를 틀게 되지만, 막상 시작을 하고 나면 '해볼 만 하군' 하고 생각할 때가 많습니다. 일에 대한 두려움을 극복하는 가장 좋은 방법은 빨리 시작하는 겁니다. 한 걸음만 나서면 내가 가야할 길이 보입니다. 고민은 시작을 늦출 뿐입니다.

시작을 했다면, 계속 나아가는 거죠. 소설가들은 한 편의 소설을 완성하기 위해선 일단 끝까지 쓰라고 말합니다. 오늘 아침 책상에서 어제 밤에 쓴 문장을 고치는 순간, 소설은 앞으로 나아가지 못한다고 그들은 말하죠.

일단 시작합시다. 잘 하려고 하지 말고, 오늘 대충이라도 합시다. 매일매일 1매씩 쓰다 보면 1,000매를 쓰는 날이 찾아올 것입니다. 일단 노트북 앞에 앉으시죠. 손가락이 키보드를 두드릴 때까지 기다려 봅시다. 일단 시작을 해야 끝낼 수가 있겠죠.

성장하는 나

아마추어는 영감을 기다리고
프로는 책상 앞으로 간다

"글을 쓸 때 영감inspiration은 어디서 받나요?", "영감은 어떻게 오는 건가요?" 이렇게 물어보시는 분들이 많습니다. 솔직히 말씀드리자면, 영감은 받는 것도 아니고 오는 것도 아닙니다. 영감은 각고의 노력 끝에 제가 찾아내는 것입니다.

　많은 사람이 예술가는 영감을 받아 일하는 존재라고 생각합니다. 흔히 떠올리는 예술가의 이미지는 아마도 이럴 것입니다. 창가에 앉아 커피를 마시고 있던 작곡가가 갑자기 책상으로 달려가 미친 듯이 악보를 그리기 시작합니다. 신들린 듯 움직이는 그의 손. 얼마간의 시간이 지나고 그가 환희에 찬 표정을 짓습니다. 그가 영감을 받아 작품을 '불현듯' 완성한 것입니다. 물론 이런 경우도 있습니다만, 아주 드문 경우라고 생각합니다. 작가에게 영감이란 바람처럼 갑자기 찾아오는 손님이 맞지만, 작가가 오랜 시간 동안 치열하게 땅을 파야만 겨우 캐낼 수 있는 아주 작은 보석이기도 합니다.

영감에 관해 가장 유명한 말은 아마도 "천재는 1퍼센트의 영감과 99퍼센트의 노력으로 만들어진다"일 것입니다. 에디슨이 한 말이죠. 그는 1932년 잡지 『하퍼스 바자』와의 인터뷰에서 이렇게 말했습니다.

"None of my inventions came by accident. I see a worthwhile need to be met and I make trial after trial until it comes. What it boils down to is one percent inspiration and ninety-nine percent perspiration." (내 발명품 중 우연히 나온 것은 없다. 나는 충족시킬만한 가치가 있는 필요를 발견하고 이루어질 때까지 계속해서 시도한다. 요약하자면 1퍼센트의 영감과 99퍼센트의 땀이다.)

"이루어질 때까지 계속해서 시도한다." 이 말은 영감이 무언가에 계속 집중하고 고민한 과정 끝에 만들어진 결과물이라는 뜻이 아닐까요.

에디슨에게는 3,400여 권의 노트가 있었다고 합니다. 그만큼 그가 발명에 대해 치열하게 고민했다는 증거죠. 그의 발명이 절대 우연하지 않았으며 끝없는 노력 끝에 1퍼센트의 영감이 와 발명품이 탄생한 것이라는 사실을 보여줍니다. 중국의 시인 두보 역시 "만 권의 책을 읽으면 붓에 신이 들린다"라고 했습니다. 이는 만 권의 책을 읽을 정도로 노력을 해야 영감이 찾아온다는 뜻이겠죠. 역시 영감은 노력의 산물이 맞군요. 뭔가에 계속 몰두하고 고민하다 보면 해결책이 영감이라는 형식을 빌려 찾아옵니다.

아이작 뉴턴이 떨어지는 사과를 보고 중력의 법칙을 발견했는데, 이 역시 뉴턴이 그냥 깨달은 것이 아닙니다. 너무나도 풀고 싶은 문제가 있었는데 간절히 몰입하다 보니 비로소 발견하게 된 것이죠. 아르키메데스가 유레카를 외친 것도 마찬가지 경우가 아닐까요. 거장의 반열에 오른 사람들이 비범한 재능을 타고났다고 신화화되어 있지만, 사실 그들은 일반인이 상상도 못 하는 시간 동안 혹독한 훈련을 거치고 치열한 노력을 기울였습니다. 잘 알려지지 않았을 뿐이죠.

저는 '꾸준함이라는 재능'을 신봉하는 사람입니다. 작품은 신이 선물해 주는 것이 아니라, 굉장히 지루하고 치열하고 고통스러운 창작의 과정을 통해 만들어진다고 생각합니다. 미국의 소설가 스티븐 킹Stephen Edwin King은 이렇게 말했습니다. "뮤즈를 찾으러 돌아다니지 말고, 뮤즈가 몇 시에 너의 집에 가면 되는지를 알려줘라." 뮤즈는 작가에게 느닷없이 찾아오는 손님, 즉 영감을 가리킵니다. 이 말을 간단하게 해석하자면, '정해진 시간에 규칙적으로 일을 하라'는 말일 것입니다.

영감은 그렇게 옵니다. 정해진 시간에 책상으로 가 노트북을 열고 키보드에 손을 올리는 생활을 반복하다 보면, 끝없이 회의를 하다 보면, 책과 논문을 찾아 읽다 보면, 다른 작가들의 전시회와 연주회를 열심히 찾아다니다 보면, 어느 날 영감이 찾아와 노크를 합니다. 지하철에 멍하니 앉아있을 때나, 샤워를 할 때, 집 앞 슈퍼마켓에 슬리퍼를 신고 캔 맥주를 사러 갈 때, 잠들기 전 느닷없이 툭. 저는 영감이라는 새가 날아가지 않도록 메모라는 줄을 사용해 재빨리 붙들어 맵니다. 메모할 상황이 아니라면 까먹지 않게 입속에서 끊임없이 중얼거립니다.

아마추어는 영감을 기다리지만, 프로는 정해진 시간에 책상 앞으로 갑니다. 가서 그냥 쓰는 겁니다. 성실하게, 끈기 있게 일을 하는 거죠. 저를 글 쓰게 하는 것은 영감이 아니라 마감입니다. 마감을 지키며 일을 계속하는 와중에 뭔가 대단하고 놀라운 것이 만들어집니다.

아참, 영감이 강렬하게 찾아올 때가 있습니다. 바로 계약금이 입금될 때인데요, 여기에 대해서는 내일 이야기하도록 하겠습니다.

성장하는 나

돈의 힘 돈의 위로
돈이라는 꿈

어제 말씀드린 대로 오늘은 돈 이야기를 해보겠습니다.

창작자에게 돈은 중요합니다. 두말하면 잔소리입니다. 인터넷에서 '입금 전'과 '입금 후'로 나뉜 배우들의 사진을 쉽게 찾을 수 있을 것입니다. 입금 전까지 살이 쪄서 배우인지도 모를 것 같던 사람이 입금 뒤에는 근육질의 멋진 배우로 변신해 있죠. 그렇습니다. 이 모든 것이 바로 '돈의 힘'입니다.

작곡가 김형석은 이런 명언을 남겼습니다. "영감의 원천은 입금에서 나온다." 맞는 말입니다. 우리는 작품을 만들기 위해 일하지만, 또한 그 작품으로 돈을 벌기 위해서도 일하니까요. 작가에게 의욕을 불어 넣어주는 가장 좋은 방법은 계약금을 지급하는 것입니다. 영감은 계약금이 입금되는 순간 찾아옵니다.

원고나 강연청탁을 받을 때 원고료와 강연료를 말하지 않는 클라이언트가 간혹 있습니다. 이해가 가는 부분도 있습니다. 액수가 너무 적어서 차마 말하기가 미안할 때가 있거든요. 괜찮습니다. 그럴 때마다 제가 먼저 물어봅니다. 그들의 미안함을 덜어주는 방법이기도 하고요. "그래서 페이는 얼마인가요?" 아, 물론 다른 질문도 함께 합니다. "마감은 언제인가요?" "클라이언트가 특별히 바라는 점이 있나요?" 등등. 일을 의뢰받는 창작자 입장에선 이 질문들에 명쾌하게 대답해주는 클라이언트가 좋습니다. 이걸 알아야 일하기가 편하고 나중에 문제가 생기면 해결을 할 수 있거든요. 가이드라인이 생기는 셈이니까요. 일은 어떤 면에서 게임과 같습니다. 경기장 밖을 벗어나면 안 됩니다. 페이, 마감일, 클라이언트의 성향 등이 경기장의 라인이 되는 거죠.

프리 워커는 스스로가 곧 회사입니다. 자기 돈으로 모든 작업환경과 요건을 갖추어야 합니다. 회사를 나와 개인 작업실을 차린 분들은 아실 겁니다. 조그만 작업실 하나 만드는데 얼마나 많은 장비와 설비, 비품이 필요한지요. 일단 사무실을 얻어야 하고 책상과 의자, 책장을 들여야 합니다. 컴퓨터와 프린터 및 기타 사무기기, 카메라, 업무용 자동차 등 일을 하는 데 필요한 기본 장비를 갖추는 데도 비용이 발생합니다. 여기에 사무실 관리비와 통신비, 세금, 법률 및 세무서비스 등 고정비가 발생하고 각종 비품과 소프트웨어, 택배 등 변동지출도 끊임없이 생기겠죠. 아무도 이 비용을 대신 내주지 않습니다. 게다가 프리 워커는 퇴직금도 없고 연금도 없습니다. 보험도 스스로 들어야 합니다. 제 경험으로, 200만 원의 월급을 받는 직장인과 같은 액수의 돈을 벌려면 300만 원은 벌어야 하는 것 같습니다.

돈은 강력한 동기부여의 원인이 됩니다. 내가 돈이 많은데, 돈을 벌 필요가 없는데 클라이언트의 집요하고 말도 안 되는 수정요구를 참아 가며 작업을 해야 할 이유가 있을까요. 돈이라는 절박함이 있기 때문에 일에 몰두할 수가 있는 겁니다.

솔직히 말하면, 비용이 높으면 결과물이 잘 나오는 것이 사실입니다. 그 비용에 맞게 열심히 하니까 그런 것 아닐까요. 아이디어도 많이 나옵니다. 애써 부정하지 않겠습니다. 물론 삶에서 돈이 전부는 아니겠죠. 돈보다 더 고귀한 목표를 향해 인생을 던지는 분들도 있을 것이고, 하고 싶은 일만 하면서도 큰 성공을 이룬 사람들도 있을 것입니다. 하지만 대부분의 사람들은 돈을 벌기 위해 하고 싶지 않은 일을 하며 살아갑니다. 그리고 이것을 견디는 것이 어른의 일입니다.

　돈의 힘은 참 큽니다. 여러모로 좋습니다. 모든 직종에게 그렇겠지만, 프리 워커에게는 더더욱 그렇습니다. 돈이 있어야 힘겨운 마감을 마치고 돌아오는 길, 좋은 와인을 사서 스스로에게 상을 줄 수 있습니다. 클라이언트와의 미팅과 프레젠테이션을 마치고 녹초가 된 몸을 버스가 아니라 택시 뒷좌석에 앉힐 수 있습니다. 늦은 밤, 택시를 타고 강변북로를 달리며 환하게 불이 켜진 아파트를 바라볼 때마다 돈을 벌고 있다는 것이 새삼 감사하게 느껴집니다. '여유는 잔고에서 나오고 상냥함은 탄수화물과 당분에서 나온다'라는 말이 괜히 있을까요.

　이렇게 말하는 것이 속물 같기도 하지만, 돈은 우리를 우울과 외로움과 걱정으로부터 지켜주기도 합니다. 나이가 들수록 더 그런 것 같습니다. 젊을 때야 체력으로 그럭저럭 버틸 수 있지만 나이가 들면 모자란 체력을 커버해주는 건 돈입니다. 척추치료기와 다촛점 안경, 루테인, 고함량 비타민, 도수치료 등 건강과 관계된 모든 것에 다 돈이 들어갑니다. 그리고 의외로 우리가 안고 있는 수많은 걱정과 문제 가운데 50퍼센트 이상은 돈으로 해결할 수 있습니다.

성장하는 나

프리 워커 생활을 처음 시작하는 분들께, 프리 워커로서의 일과 생활을 지속적으로 이어가고 싶다면 통장에 최소 3개월, 가능하다면 6개월, 더 가능하다면 1년은 버틸 수 있는 잔고를 가지고 있는 것이 좋다고 말하고 싶습니다. 우리는 언제 홀로 사막에 남겨질지 모릅니다. 최소한의 물과 식량을 준비해 놓아야만 오아시스까지 걸어갈 수 있겠죠.

'좋아하는 일을 할 수만 있다면 돈 따위는 중요하지 않다'라는 생각은 상당히 위험합니다. 돈은 언제나 중요하며 우리 곁에 있어야 합니다. 그래야 우리는 삶을 이어갈 수 있으며, 그래야 작품을 만들 수 있으며, 작품을 계속 만들어야 '더 좋은' 작품을 만들 수 있으니까요.

돈이 있어야 동료와 친구를 도와줄 수도 있습니다. 당신이 누구를 도와주는 선한 사람이 되고 싶다면 스스로부터 갖춰야 합니다. 몸이 가난해지면 마음도 가난해집니다. 가난한 내가 먼저 주저앉는데 어떻게 다른 사람을 도울 수 있을까요. 잘 벌지는 못해도 꾸준히 들어오는 수입이 있다면 마음이 너그러워지고 편안해집니다. 그래서 세상을 객관적으로 파악할 수 있고, 그것을 바탕으로 더 나은 판단을 내리고, 더 좋은 방향으로 나아갈 수 있는 것이죠. 누구와 비교하지 않는 이상, 얼마간의 돈이 있다면 그럭저럭 살아갈 수 있는 것, 그것이 프리 워커의 인생입니다.

　이런 말이 있습니다. '행복은 돈으로 살 수 없는 게 아니라, 당신이 가진 돈이 부족할 뿐이다.' 전적으로 동의하는 건 아니지만, 어느 정도는 맞는 말 같습니다. 앞서 말했듯, 웬만한 건 돈으로 해결할 수 있다고 믿으니까요. 웹툰 작가 주호민 씨도 그랬죠. "밥을 먹어야 꿈도 꾸지."

'좋아하는 일을 할 수만 있다면 돈 따위는 중요하지 않다'라는 생각은 상당히 위험합니다. 돈은 언제나 중요하며 우리 곁에 있어야 합니다. 그래야 우리는 삶을 이어갈 수 있으며, 그래야 작품을 만들 수 있으며, 작품을 계속 만들어야 '더 좋은' 작품을 만들 수 있으니까요.

회사생활은 '분명'
도움이 됩니다

회사생활을 8년 정도 했습니다. 대기업 기획실에서 일했고, 신문사에서 기자 생활을 했습니다. 이 경험이 프리 워커로 생활하는데 많은 도움이 됐다고 생각합니다.

오직 회사에서만 배울 수 있는 것들이 있기 때문입니다. 인간관계를 어떻게 유지하는지, 조직 내에서 일이 어떤 식으로 진행이 되는지, 어떤 방식으로 지시가 내려오는지, 내가 어떤 언어로 상대를 설득해야 하는지 등을 배울 수 있습니다.

이메일 작성하는 법, 악수하는 법, 인사하는 법 등 혼자 배우기에는 애매한 것들을 배울 수도 있죠. 별다른 비용도 들이지 않고요. 요즘에는 뭔가 배우려면 다 돈을 내야 하잖아요.

게다가 회사는 인프라를 갖추고 있습니다. 점심과 업무

성장하는 나

용 노트북을 제공하는 회사도 많죠. 무엇보다 큰 장점은 나보다 뛰어난 인재들과 함께 일할 수도 있다는 점이겠죠.

곧(어쩌면 우리의 예상보다 훨씬 빨리) 혼자 일하는 시대가 올 것입니다. 우리 가운데 많은 사람들이 프리 워커로 일해야 할 것입니다. 30살에 프리 워커가 될 수도 있지만, 50살에 프리 워커가 될 수도 있습니다. 프리 워커를 꿈꾸고 있다면, 가능하다면 회사 생활을 꼭 경험해보라고 하고 싶습니다. 지금 다니고 있는 회사의 일이 훗날 독립해서 하고 싶은 일을 하는 곳이라면 더욱 좋겠죠. 전략적으로 다녀보라는 말입니다.

회사에 다니면 돈도 모을 수도 있습니다. 이건 정말 어마어마한 장점이죠. 살아가는 데뿐만 아니라 일을 하는 데도, 작업을 하는 데도 돈은 무엇보다 중요합니다. 일과 생활, 작업은 돈이 없으면 할 수 없습니다.

자기가 좋아하는 일을 하는 건 아주 좋은 일입니다만, 거기에도 돈이 들어간다는 사실을 잊지 마세요. 생계는 유지해야 하지 않을까요.

무작정 독립하지 마세요. 무턱대고 독립했다가는 생활 자체가 망가집니다. 독립해서 커리어를 처음 시작할 때는 적어도 몇 달 정도는 버틸 수 있는 돈이 있어야 합니다. 돈이 없으면 조급해지고 압박감이 시달리다가 결국 또 다른 직장을 알아보게 됩니다.

독립은 스스로가 스스로를 책임지는 것이고 자신의 삶을 더 자기주도적으로 이끌어나가기 위한 결정입니다. 그러기 위해서는 반드시 돈이 뒷받침이 되어야 합니다. 회사는 돈을 모으기 위한 가장 좋은 수단이기도 합니다.

모방은 스킬과 감각을 연마하는 가장 빠른 방법

글쓰기와 사진에 대해 강의를 할 때마다 많은 사람이 제게 묻습니다. "어떻게 하면 작가님처럼 글을 잘 쓸 수 있을까요.", "어떻게 하면 작가님처럼 사진을 잘 찍을 수 있을까요." (쑥스럽네요) 그 질문에 저는 이렇게 대답합니다. "여러분보다 제가 글을 더 잘 쓰고 사진을 더 잘 찍는 것은 확실히 맞습니다. 그런데 그건 제가 여러분보다 글쓰기와 사진 찍기에 재능이 있어서가 아닙니다." 사람들은 고개를 갸웃하죠. 저는 다시 이렇게 말합니다. "제가 여러분보다 글을 잘 쓰고 사진을 잘 찍는 이유는 딱 한 가지입니다. 바로 여러분보다 글을 많이 썼고 여러분보다 사진을 많이 찍었기 때문입니다." 그렇습니다. 무엇을 잘하기 위해서는 일단 그 무엇을 '많이' 해야 합니다. 연습과 훈련 없이 잘할 수 있는 것은 아무것도 없습니다. 사람들은 또 묻습니다. "처음엔 어떻게 써야 할지 모르겠어요." "도대체 뭘 찍고 어떻게 찍어야 할지 모르겠어요." 그 질문에는 이렇게 대답합니다. "여러분이 좋아하는 작가의 작품을 베끼세요." "여러분이 좋아하는 사진가의 작품을 따라 찍으세요."

대학 시절, 저는 너무나 시인이 되고 싶었습니다. 그래서 수업에 들어가는 대신 매일매일 도서관으로 갔죠. 도서관에서 『문학과 지성』『창작과 비평』『세계의 문학』『문학동네』『현대문학』『현대시세계』『현대시』 등 문예지에 발표된 시들을 모조리 베꼈습니다. 그 시절 베낀 시들은 노트로 열 권은 넘을 것입니다.

여행기자가 되고 나서 사진을 잘 찍기 위해 가장 먼저 한 일은 다른 작가의 사진을 열심히 보고 똑같이 따라 찍는 것이었습니다. 좋은 소설가가 되려면 다른 작가의 소설을 많이 읽어야 하고, 좋은 화가가 되려면 다른 화가의 작품을 많이 보아야 합니다. 사진이라고 다르지 않습니다. 좋은 사진을 찍으려면 다른 작가의 사진을 많이 보아야 합니다. 제가 알고 있는 작가들도 필사를 통해 문장을 단련했습니다.

신문사에 다닐 때, 저는 매일 아침 1시간씩 일찍 출근했습니다. 행운이었던 건 제가 기자여서 기사 작성용 프로그램을 통해 로이터, AP, 연합뉴스 등에서 올라오는 사진을 볼 수 있었다는 것인데요, 업무를 시작하기 전, 통신사 소속 기자들이 올리는 사진을 매일 아침 500장씩 보고 업무를 시작했습니다. 다큐멘터리 부분에서는 세계 최고의 사진 기자로 꼽히는 이들이니 퀄리티 면에서도 최고였죠. 저는 모니터를 뚫어지게 바라보며 그 사진들이 제 머릿속에 입력되기를 바랐습니다. 그리고 그와 비슷한 장면 앞에서 제가 셔터를 누를 수 있기를 바랐습니다. 시를 옮겨 쓰는 것과 같은 일, 즉 '사진 필사'였던 셈이죠.

기자 초년병 시절, 취재를 다녀와 컴퓨터 앞에 앉으면 무엇을, 그리고 어떻게 써야 할지 자주 막막했습니다. 그럴 때면 다른 기사를 옆에 펼쳐 두고 똑같이 썼습니다. 장소와 시간만 바꾸는 식이었죠. 구성을 똑같이 따라 한 셈인데, 예를 들면 남해 취재 원고를 쓸 때 다른 기자가 쓴 시칠리아 기사를 두고 그 구성을 똑같이 따라가는 식이었습니다. 시칠리아로 가는 기사가 공항에서 시작했다면, 저는 남해로 가는 버스 터미널에서 출발하는 것으로 제 기사를 시작했습니다.

저는 이것이 표절이라고 생각하지는 않습니다. 글의 콘셉트와 사진 구도, 기사 구성, 플롯 등을 '참조'했을 뿐이죠. 이 작가는 왜 이렇게 구성을 했을까, 왜 이런 구도에서 찍었을까를 참고하고 제 글과 사진으로 다시 만들어 낸 거죠.

카피하는 것과 새롭게 표현하는 것은 종이 한 장 차이입니다. 당신이 닮고 싶은 작가에게서 훔쳐 와서 자기 것으로 다시 만들어야 하는 겁니다. 피카소도 "평범한 예술가는 모방을 하고, 위대한 예술가는 훔친다"라고 말했습니다. 모방과 베끼기를 훈련의 한 방법으로 참고하라고 말하는 것이니 오해 없으시길 바랍니다.

그렇게 얼마간 연습을 하고 나자, 저는 기사를 쓸 때 더 이상 다른 기자의 기사를 볼 필요가 없게 됐습니다. 기사의 다양한 포맷을 제가 체득했기 때문이죠.

스킬을 연마하는 가장 효과적인 방법은 모방하고 베끼는 것입니다. 우리는 이것을 '연습' 또는 '훈련'이라고 합니다.

고수는 좋은 도구를 사용한다

'고수는 연장 탓을 하지 않는다'라는 말이 있습니다. 이 말을 오해하시는 분들이 많습니다. '진정한 고수는 좋지 않은 도구로도 멋진 결과물을 만들어낸다'라는 뜻으로 말입니다. 이는 잘못된 해석입니다. 고수는 연장을 가립니다. 그것도 아주 많이 가려서 사용합니다. '고수는 연장 탓을 하지 않는다'라는 말은 '고수의 도구는 언제나 최상의 상태로 유지되어 있어서 도구가 나빠 일을 그르쳤다는 변명을 하지 못한다'는 뜻입니다.

기회는 준비된 사람만이 잡을 수 있습니다. 레이스가 시작됐는데 자동차의 타이어 상태가 엉망이라면 레이서는 좋은 결과를 낼 수 없을 것입니다. 훌륭한 목수가 틈날 때마다 연장을 손질하듯, 우리는 준비를 철저히 해야 합니다. 기회는 자주 오는 것이 아니고 절대로, 놓치면 안 되니까요.

간혹 제게 "좋은 사진을 찍으려면 어떤 카메라를 사야 할까요?"라고 묻는 분들이 많습니다. 저는 이렇게 대답합니다. "좋은 사진을 찍기 위해서는 좋은 카메라가 있어야 합니다. 같은 조건에서라면, 좋은 카메라를 든 사람이 나쁜 카메라를 든 사람보다 좋은 사진을 찍을 확률이 높겠죠. 그러니 사용할 수 있는 비용의 한도 내에서 가장 좋은 카메라를 사세요."

제가 만난 고수는 모두 좋은 도구를 사용하고 있었습니다. 사진가는 비싼 카메라로 사진을 찍고, 요리사는 최고급 칼을 사용하더군요. 게다가 그들은 대부분 도구에 대한 욕심도 많았습니다. 물론 저 역시 그랬습니다. 새로운 카메라 기종이나 렌즈가 나오면 사고 싶어 안달이 났었죠. 간혹 사진 강좌에서 "사진은 마음으로 찍는 것이지 카메라가 중요한 것은 아닙니다"라고 말하는 강사들이 있는데요, 속지 마세요. 사실 그들은 최고급 장비를 사용하고 있답니다.

그렇다면 왜 좋은 도구가 고수에겐 중요할까요. 싸구려 도구가 고수의 실력을 못 따라가는 상황이 발생하니까 그런 것입니다. 동네 스케이트장에서 대여해 주는 스케이트화가 김연아 선수의 트리플 악셀을 받쳐줄 수 있을까요. 아무리 미하엘 슈마허_{Michael Schumacher}라고 해도 2005년식 모닝으로는 2022년식 포르쉐를 탄 저를 이길 수 없을 것입니다.

도구 이야기가 나왔으니 제가 쓰는 도구에 대해 말씀드리겠습니다. 저는 사진도 찍지만 글도 쓰는지라 글을 쓰는 데에도 다양한 도구를 사용합니다. 글 쓰는 데 무슨 도구가 필요하냐고 생각하는 분이 있겠지만, 저는 글을 쓰기 위해 아주 많은 도구를 사용합니다. 〈워드 microsoft word〉나 〈한글〉정도만 있으면 충분하지 않냐고요? 절대 아닙니다. 제가 사용하는 글쓰기 프로그램만 3~4가지가 됩니다.

워드 프로그램뿐만 아니라 생산성 앱도 많이 사용합니다. 제 스마트폰과 노트북에는 글쓰기와 자료 정리, 목록 정리, 스케줄 관리 앱 등 생산성을 높이는 앱이 가장 많이 깔려 있습니다. 이 앱들은 제 작업 시간을 줄여주고 멀티태스킹을 가능하게 해줍니다. 저는 이 앱 덕분에 마감을 지킬 수가 있고 중요한 약속을 잊어버리지 않습니다.

책 원고 작성에는 〈스크리브너_{scrivener}〉를 사용합니다. 작가가 만든 에디터 프로그램인데 6만 원 가까이 합니다. 비싸죠. 하지만 그만한 가치가 있습니다. 이 프로그램을 사용하기 전에는 맥 전용 워드 프로그램인 〈페이지_{page}〉를 사용했지만, 〈스크리브너〉를 무료 트라이얼 버전으로 딱 하루 사용하고 난 뒤에는 이것을 주력으로 사용하고 있습니다. 아마도 글 쓰는 사람들에게 가장 효과적인 프로그램이 아닐까 생각합니다. 글을 조각조각 쓸 수 있고, 나중에 이를 하나로 합칠 수도 있습니다. 긴 글을 쓰고 책 전체의 레이아웃을 짜는데 상당히 효과적입니다.

〈한글〉은 거의 사용하지 않습니다. 가끔 '이 문서를 마지막 저장으로 되돌릴까요'라고 묻는 대화창이 뜹니다. 이 창이 뜰 때마다 정말 당황스럽고 절망적입니다. 어떻게 해야 할지 모르겠어요. 되돌려야 할지, 말아야 할지. 밤새 작업한 원고가 날아가는 경우도 종종 있었죠. 지구가 멸망하는 것 같은 기분을 몇 번 느꼈습니다. 공공기관에 원고를 보낼 때만 한글 파일에 복사해서 보냅니다.

읽은 책에 관한 메모, 웹 사이트 스크랩, 뉴스레터에 들어가는 자료수집에는 〈에버노트evernote〉를 사용합니다. 〈에버노트〉의 '웹 클리퍼' 기능은 강력합니다. 다양한 자료를 보관할 수 있는 가장 효과적인 프로그램이라고 생각합니다. 하지만 동기화 기기가 제한되어 있어 3대 이상의 기기를 연결하려면 유료 멤버십을 구매해야 합니다.

요즘 가장 많이 쓰는 앱은 〈노션notion〉입니다. 원페이지 협업 툴인데 문서 작성과 업무 체크리스트, 링크와 동영상 임베딩, 이미지 삽입, 표 작업, 페이지 내 댓글 달기 등 다양한 기능이 들어 있습니다. 그래서 별명이 '제2의 뇌'입니다. 뷰 형식도 다양해 자신이 가장 잘 이해할 수 있고 보기 좋은 형태로 관리할 수 있습니다. 디자인도 유려한데다 URL을 통해 자유롭게 페이지를 공유할 수 있기 때문에 홈페이지 및 각종 랜딩 페이지로도 사용할 수 있습니다. 권한을 추가하면 협업자가 직접 수정과 관리도 할 수 있고요. 〈노션〉만 잘 쓰면 이 프로그램 하나로 다 됩니다. 하지만 블록 형태로 문서 작업이 이루어지기 때문에 글쓰기 작업을 주로 하는 작가에게는 불편할 수도 있습니다. 단어 수, 글자 수 등을 알 수 없다는 것도 단점입니다.

〈워크플로위workflowy〉는 책 개요와 그때그때 떠오르는 짧은 아이디어를 계속 발전시켜 나갈 때 아주 유용한 앱입니다. 불릿 형식을 쓸 수 있어 목차를 잡고 아이디어를 한눈에 볼 수 있도록 정리하는 데 효과적입니다. 〈Thing 3〉는 체크 리스트를 만드는 데 사용합니다. 아이폰 〈미리 알림〉과 함께 씁니다. 아이폰 〈메모memo〉는 가장 빠른 메모 도구라고 생각합니다. 이만한 메모 앱은 아직 보지를 못했습니다. 제 〈메모〉에는 얼론 앤 어라운드, 여행 자료, 책과 음악, 기타 등으로 폴더가 나뉘어 있습니다.

자료 수집에도 다양한 앱을 사용합니다. 운동을 하거나 키보드를 치기 힘들 때는 〈클로바노트clovanote〉를 사용해 녹음

합니다. 나중에 텍스트로 변환할 수 있는데 정확도가 상당히 높습니다. 인터뷰할 때도 아주 유용합니다. 마이크로소프트 에서 나온 〈렌즈lens〉에는 사진을 찍으면 텍스트를 자동으로 추출해 주는 기능이 있습니다. 책을 스캔해 텍스트만 스크랩 할 때 사용합니다. '인스타그램 컬렉션'과 '페이스북 저장 기능', '카카오톡 나에게 보내기' 기능을 활용해 각종 자료를 저장, 큐레이션 합니다. 뉴스레터는 〈헤이버니heybunny〉를 통해 구독하고, 저작권 없는 무료 이미지는 〈언스플래쉬unsplash〉와 〈픽사베이pixabay〉에서 얻습니다.

업무를 위한 메신저로는 〈슬랙slack〉을 사용합니다. 채널을 나눠서 대화를 주고받을 수 있어 효율적입니다. 정보 공유에 효율적이고 아카이빙이 잘 되는 것도 장점입니다.

클라우드 서비스도 빼놓을 수 없죠. 노트북과의 동기화는 〈아이 클라우드icloud〉를 통해 하고 있고, 리터치한 사진은 〈원 드라이브one drive〉에 백업을 해두고 필요할 때마다 다운로드해 사용하고 있습니다. 업무용 클라우드 서비스는 〈구글 드라이브google drive〉를 활용해 클라이언트와 공유합니다.

오랫동안 프리 워커로 일하다 보니 이렇게 작업 프로세서를 갖추게 됐습니다. 이처럼 다양한 도구를 활용하는 이유는 시간을 효율적으로 사용해 생산성을 높이기 위해서입니

성장하는 나

다. 우리에게 주어진 시간은 한정되어 있고 해야 할 일은 많습니다. 나만의 시스템을 갖추고 이를 루틴으로 활용한다면 시간을 절약할 수 있을 것이고, 절약된 이 시간을 더 좋은 곳에 활용할 수 있을 것입니다. 돈과 시간은 언제나 부족했지 충분한 적은 없잖아요. 좋은 도구로 아낀 시간을 가족을 위해 요리를 하는 데 쓸 수 있겠죠. 아이들과 함께 자전거를 탈 수도 있고 자신의 건강을 위해 요가를 하는 데 사용할 수도 있을 것입니다. 이런 곳에 사용한다면 도구를 사는 데 지불한 비용이 전혀 아깝지 않을 것입니다.

살아보니 가장 소중한 것 가운데 하나가 시간이더군요. 좋은 도구는 우리에게 시간을 선물해 줍니다. 선물 받은 그 시간을 사랑하는 사람을 위해 사용한다면 우리는 더 좋은 인생을 만들 수 있을 것입니다.

또렷한 기억보다
희미한 연필 자국이 낫다

메모와 알람에 집착하는 편입니다. 저는 제 기억력을 믿지 않습니다.

메모는 하는 순간, 머릿속에 한 번 더 입력됩니다. 메모를 열심히 하는 사람 대부분이 수첩이나 노트에 메모를 먼저 한 다음, 목록을 만들고 분류를 하기 위해 다른 장소로 옮깁니다. 이 과정에서 메모를 한 번 더 읽게 되고, 자연스럽게 머릿속에 한 번 더 입력이 됩니다. 유명한 카피라이터 박웅현도 『인문학으로 광고하다』라는 책에서 "메모는 기억하지 않기 위한 것이 아니라 기억하기 위한 것이다. 언제 어떤 이유로 어디에 메모를 했다는 것부터 기억에 도움이 된다"라고 했습니다.

아이디어는 예고 없이 떠오릅니다. 어떤 일에 대해 집중하다 보면 뇌는 선물처럼 아이디어를 던져 줍니다. 운전할 때, 샤워할 때, 밥 먹을 때 등 아이디어는 별안간 들이닥치죠. 그리고는 새처럼 휘리릭 날아가 버립니다. 아이디어라는 새를 잡기 위해선 펜과 노트가 필수적이죠. 나가오카 겐메이는 그의 책 『디자이너, 생각 위를 걷다』에서 이렇게 말했습니다. "생각이 떠올랐을 때에는 메모를 하자. 이것이 모든 성공의 출발점이다."

『1등석 승객들은 펜을 빌리지 않는다』라는 책도 있습니다. 성공한 사람들은 언제나 메모할 준비가 되어 있다고 말하는 책이죠. 성공한 사람들은 기억력보다는 메모와 기록에 의존합니다.

"또렷한 기억보다 희미한 연필 자국이 낫다"라는 중국속담이 있습니다. 메모하는 게 중요하다는 말이지만, 저는 뭐라도 일단 써보는 게 중요하다는 뜻으로 해석합니다. 쓰다 보면 생각이 점점 발전하거든요.

저는 성공한 사람은 아니지만, 성공한 사람이 되기 위해 다양한 도구를 사용해 메모하고 기록합니다. 취재 수첩, 몰스킨 노트, 아이폰의 〈메모memo〉, 구글의 〈킵keep〉, '카카오톡 나에게 보내기' 기능 등을 동원해 메모합니다. 사정에 따라 음성 메모도 사용하고 때론 냅킨이나 포장지도 활용합니다. 이렇게 1차로 작성한 메모는 〈에버노트〉에 옮긴 후 키워드와 태그, 폴더 구분 등을 통해 분류를 합니다.

메모는 단순히 수첩과 녹음기 역할만 하는 것이 아닙니다. 해야 할 일의 우선순위를 정할 수 있게 해줍니다. 저는 맥북과 아이폰 유저인데, 아이폰의 〈미리 알림〉을 메모의 주 도구로 사용합니다. 마감, 클라이언트와의 약속, 작업물의 수정, 출장 등 해야 하는 모든 일을 〈미리 알림〉에 적습니다. 그러면 자연스럽게 리스트가 만들어지는데, 이 리스트의 우선순위를 정해 먼저 해야 할 일을 위로 끌어올리고 중요하지 않은 일은 밑으로 내립니다. 이렇게 하면 일뿐만 아니라 하루, 일주일, 한 달의 윤곽이 나옵니다.

어떤 항목은 끝없이 아래로 밀리고, 또 어떤 일이 불쑥 끼어들어 맨 위로 올라갈 때도 있죠. 리스트가 완전히 사라지는 일은 없습니다. 일이 끝없이 나타나듯 리스트를 정리하는 일은 절대로 멈추면 안 됩니다.

알람 역시 메모 못지않게 중요합니다. 왜 중요한지는 길게 말하지 않아도 다들 알 것입니다. 까먹으면 안 되기 때문이죠. 다시 한 번 말씀드립니다. 까먹으면 안 됩니다.

저는 〈미리 알림〉에 시간과 장소를 지정해 알람을 설정합니다. 시계 앱을 사용해 알람을 설정합니다. 마감, 미팅 등 모든 일정은 〈캘린더〉에 올리고 알람을 설정합니다. 이중삼중으로 알람을 설정합니다. 이유는 까먹으니까요. 까먹으면 안 되니까요. 까먹으면 다 헛일이니까요.

우리는 생각보다 자주 까먹습니다. 그러니까 메모하고 알람을 맞춥시다.

나는 내가 해야
할 일만 한다

많은 분들이 제게 "책을 내려면 어떻게 해야 하나요?" 하고 묻습니다. 여러 가지 방법이 있겠지만, 가장 전통적인 방법은 출판사에 투고를 하는 것 아닐까요. 저 역시 이 방법으로 첫 책을 냈습니다.

첫 투고에 성공했던 것은 아닙니다. 책이 나오기까지 출판사 세 곳에서 퇴짜를 맞았습니다. 의기소침한 날들을 보내고 있는데, 지인이 자기가 아는 편집자에게 원고를 한 번 보여주겠다며 제 원고를 가져갔습니다. 이번에도 안 되면 책 내는 건 포기하자. 원고를 보낸 것조차 까마득하게 잊고 있었는데 편집자에게서 연락이 왔습니다. "저희 출판사와 한 번 작업해 보시죠." "감사합니다." 그렇게 책 만드는 작업이 시작됐습니다. 네 번째 투고 만에 성공한 것이었습니다.

오늘 레터는 투고에 관한 이야기는 아닙니다. 오늘의 주제는 '나는 내 할 일만 한다' 입니다. 네, 맞습니다. 저는 제 일, 그러니까 원고를 쓰는 일만 합니다. 저는 원고가 편집자에게 넘어 간 이후의 과정에 대해서는 그다지 신경 쓰지 않습니다. 주위에는 '편집'에 대해 까다롭게 구는 작가들이 있습니다. 자신의 원고를 한 글자도 못 고치게 하고 사진을 약간의 트리밍조차 못하게 하는데, 저는 그렇지 않습니다. 어느 것이 옳다는 것이 아니라, 제가 그런 스타일이라는 것이니 오해는 없으시길 바랍니다. 저는 문장 수정과 사진 편집 등 편집에 대해서는 상당히, 그것도 아주 상당히 관대한 편입니다. 그 이유는 아마기자 생활을 오래 했기 때문이 아닐까 하고 생각합니다. 기사는 당연히 데스크가 수정하는 것으로 배웠으니까요. 지금도 신문과 잡지 등에 원고를 보낼 때마다 이메일에 '많이 고쳐주시면 감사합니다' 하고 덧붙입니다.

첫 책을 낼 때 편집자에게 샘플로 보냈던 원고는 전체 책원고의 약 15퍼센트 분량이었습니다. 첫 미팅 때 편집자가 콘셉트를 잡아서 원고를 만들어가자고 하더군요. 편집자의 제안에 따라 먼저 전체 원고 분량을 정하고 목차를 만들었습니다.(목차는 작업을 해 나가면서 많이 바뀌게 됩니다만). 그리고 마감일을 정하고 스타트.

작가 입장에서 보자면 책은 자신의 '작품'입니다. 하지만 출판사 입장에서 보자면 '상품'이기도 합니다. 책을 만드는 데는 많은 비용이 발생합니다. 작가에게 지급하는 인세를 비롯해 편집, 디자인, 종이, 인쇄, 유통, 홍보, 재고관리 등의 비용이 여기에 포함되죠. 출판사 사무실 임대료와 편집자의 인건비 등 고정 비용도 발생할 것입니다. 우리가 먹는 파스타 한 접시에 밀가루와 토마토소스 비용만 들어가는 것이 아닌 것처럼 말입니다. 거기에는 요리사를 포함한 종업원들의 인건비와 임대료 등이 포함되겠죠. 출판사는 책을 팔아서 책을 만드는 데 들인 제작비를 회수해야 합니다. 그래야 출판사를 계속 운영할 수 있으니까요. 이는 멋진 작품을 만들기도 해야 하지만, 소비자가 좋아할 만한 상품을 만들어야 한다는 의미 겠죠.

첫 책 『당분간은 나를 위해서만』을 낼 때입니다. 본문 편집을 마치고 책 제목을 정해야 할 단계였습니다. 편집자는 제게 몇 가지 제목을 보여 주더군요. 제가 마음에 드는 제목을 말했는데, 편집자는 '당분간은 나를 위해서만'이 제일 마음에 들고, 주위의 반응도 가장 좋다고 했습니다. 저와 지인은 "다른 건 다 좋은데, 이 제목만은 안 된다"라고 말했습니다. 그렇게 편집자와 논쟁을 벌이다 결국 책은 '당분간은 나를 위해서만'이라는 제목으로 나오게 됐습니다. 편집자를 믿고 가기로 했던 것이죠. 책이 나오자마자 편집자에게서 전화가 왔습니다. "다들 책 제목이 너무 좋다고 난리에요." 독자들의 반응도 좋았습니다. '이렇게 내 마음을 잘 표현한 제목이라니!'란 서평이 많이 달렸습니다. 책은 베스트셀러가 됐습니다.

그 책을 만든 편집자는 고작 2년 차였습니다. 하지만 저는 기자 및 작가 경력을 합해 8년 차였습니다. 편집자는 2년 차였지만 책은 저보다 훨씬 많이 만들어 보았겠죠. 글을 쓰는 것에서는 제가 전문가지만 책을 만드는 데는 그가 저보다 훨씬 전문가였습니다. 『당분간은 나를 위해서만』은 글이 아니라 책이었습니다. 문장과 문장으로 이루어진 글이 아니라 제목과 목차, 편집, 디자인 등으로 구성된 책이라는 '상품'이었던 것이죠.

그 책 이후 지금까지 15권의 책을 냈습니다. 첫 책을 낸 출판사의 편집자와는 10년이 넘는 시간 동안 함께 작업해 왔습니다. 첫 책을 낼 때 막내였던 편집자는 지금은 편집장이 되었고, 저 역시 그 사이에 약간이나마 명함을 내밀 정도의 작가로 성장했습니다. 그동안 편집자와 작업하며 의견 충돌이 일어난 적은 거의 없습니다. 저는 편집자의 재량과 의도 그리고 전문성을 인정하고 존중하는 편입니다. 원고를 쓰는 데는 제가 전문가이겠지만, 책을 만드는 데는 아무래도 편집자가 저보다 훨씬 더 전문가일 테니까요. 시장의 흐름을 읽는 눈도 저보다 더 정확할 것이기에 되도록이면 편집자가 하자는 대로 따르는 편입니다. 책의 전체적인 흐름과 구성 등에서는 편집자의 의견대로 갑니다.

　- 이 부분은 이렇게 해주세요.

　- 네.

　- 이런 부분이 좀 부족한 것 같은데, 좀 보충할 수 있을까요?

　- 네.

　- 혹시 이런 사진이 있을까요?

　- 네. 찾아볼게요. 없으면 찍어보죠.

　저는 그동안 사진 에세이를 많이 냈는데, 글과 사진을 매칭하는 일은 1차로 제가 하지만 편집자의 수정 요구가 있다면 대부분 받아들입니다. 책 제목을 정하는 데도 편집자의 의견을 따라가는 편입니다. 그래도 작가로서 포기하고 싶지 않은 부분(여기에 대해서는 나중에 따로 이야기하겠습니다)은 명확하게 편집자에게 요구를 합니다. "이건 꼭 넣어야 해요." "이건 절대로 뺄 수 없어요." 이 경우에도 대부분 편집자가 제 의견을 수용합니다.

표지와 디자인, 본문 종이 선택 등 책의 외적인 부분도 편집자의 의견을 따릅니다. 편집자의 영역이니까 그렇게 하는 겁니다. 협의하는 과정에서 의견을 낼 수는 있겠죠. 그리고 이 부분에 대해서는 편집자 역시 디자이너에게 일임하지 않을까 생각합니다. 왜냐하면 그쪽은 아무래도 디자이너가 편집자보다 더 전문가일 테니까요. 책이 출간되면 마케터가 홍보를 담당할 것입니다. 작가와 편집자, 디자이너가 아이디어를 낼 수는 있겠지만, 아무래도 그쪽은 마케터가 더 전문가이니 마케터가 일을 주도하겠죠.

제 책은 저와 편집자, 디자이너, 마케터를 비롯한 여러 전문가들이 모여, 함께 만들어낸 결과물입니다. 다행히 성적표는 그다지 나쁘지 않았습니다. 시장에서 상당히 좋은 반응을 얻은 책도 있었고, 작품성 면에서 인정을 받은 책도 있었죠. 이런 성과가 단지 제가 좋은 원고를 썼기 때문이라고는 생각하지 않습니다. 편집자의 편집 능력이 큰 역할을 했고, 디자이너의 세련된 표지 디자인이 한몫했으며, 출판사의 마케팅이 뒷받침되어 좋은 성적을 낼 수 있었다고 생각합니다. 각 분야의 전문가들이 모여 협업co-work해 만들어낸 것이죠.

모든 일에는 전문가가 있고, 그들에게 일을 맡기고 의뢰하는 것이 가장 효율적이라고 생각합니다. 일을 하고, 책을 쓰고, 책을 만들며 깨닫게 된 사실입니다. 일은 혼자의 힘으로 다 할 수는 없습니다. 전구를 갈아 끼우는 정도의 일이 아니라면, 웬만하면 전문가를 믿고 맡기는 편이 현명합니다. 어설픈 솜씨로 발버둥 쳐봐야 시간만 낭비하고 일만 커집니다. 차라리 그 시간에 잠을 자는 게 낫죠. 일을 할 때는 전문가의 의견이 고개를 갸웃하게 할 때도 있지만 시간이 좀 지나면 전문가의 결정이 옳았다는 것을 알게 될 것입니다.

책을 내는 일뿐만이 아닐 것입니다. 세금과 관련된 일은 세무사에게 맡기는 게 현명합니다. 프리 워커 3년 차에 종합소득세 신고를 잘못해서 한 달 수입 전체를 가산세로 낸 적이 있습니다. 그 뒤로 세무사를 찾아가 기장을 맡깁니다. 세법 공부할 시간에 일을 더 열심히 하는 것이 여러모로 이익이라는 것을 알게 됐기 때문이죠. 부동산 등기를 혼자 하겠다고 하다가 낭패를 본 친구를 알고 있습니다. 입주청소는 청소업체에게 부탁하는 게 맞겠죠. 우리가 가진 청소기와 걸레, 빗자루로는 닦아 내기도 힘듭니다. 세무사, 회계사, 의사, 건축설계사는 틀림없이 '돈값'을 해줍니다. 당신이 세무사, 의사, 건축설계사보다 관련 일을 더 잘 할 확률은 0퍼센트라고 저는 확신합니다.

돈으로 해결할 수 있는 일은 돈으로 해결하는 것이 제일 쌉니다. 당장 비용이 조금 더 들지만 차후에 벌어질 손실분을 아낄 수 있기 때문이죠. 중요한 일은 전문가에게 맡기고 거기에 맞는 대가를 지불하면 됩니다. 가수 김태원이 이런 멋진 말을 말했습니다. "가지 하나만 가져왔더니 전문가들이 잎사귀와 꽃과 열매까지 맺게 해 줬다."

세무사 쓰세요. 우리는 우리의 일에 집중하며 하루를 잘 보냅시다.

재능보다는 체력
영감보다는 루틴

아마도 사람들은 작가라는 직업에 대해 이렇게 상상할 것입니다. 늦은 아침에 일어나 여유롭게 커피 한 잔을 마신 후 산책을 합니다. 그리고 작업실 혹은 카페로 가 노트북을 켜고 키보드를 타닥타닥 두드리며 작업에 몰두합니다. 저녁에는 지인들과 술집에서 맥주를 마시며 하루를 마무리하죠. 작업이 잘 풀리지 않을 땐 전시회나 콘서트를 찾습니다. 훌쩍 여행을 떠나기도 하고요.

사실과 전혀 다른 것은 아닙니다. 느지막이 일어나는 작가, 햇살이 드는 창가에서 커피 한 잔을 마시며 하루를 시작하는 작가, 산책을 하고 근사한 카페에서 노트북으로 작업을 하는 작가, 술집에서 하루를 마무리하는 작가도 분명 있습니다.

성장하는 나

그러고 보니 저 역시 늦게 일어나는 것만 빼고는 전부 해당하네요.

작가들의 잡무

하지만 한 걸음만 가까이 다가가 그들의 생활을 들여다보면 그렇게 대단한 것도 없습니다. 대부분의 작가가 회사원처럼 앉아 원고를 씁니다. 하루에 몇 매씩 혹은 하루에 몇 꼭지씩 써야 할까, 마감일에 맞춰 하루의 작업량을 계산한 뒤 매일의 작업량을 '해치워' 나갑니다. 농부가 옥수수밭에 줄을 맞춰 옥수수를 심듯, 보기 좋게 단어를 파종합니다. 제가 마감 일자를 지켜야 디자이너와 편집자가 업무를 원활히 할 수 있습니다. 책은 나 혼자 만드는 것이 아니니까요.

　원고를 쓰는 일은 작가에게 가장 중요한 일이기도 하지만 프리 워커로서의 작가들은 자질구레하고 지겨운 일을 훨씬 더 많이 합니다. 이메일을 확인하는 일, 책상에 오래 앉아있어 아픈 허리를 위해 파스를 붙이고 도수치료를 받는 일, 원고료를 협상하는 일도 원고 작업만큼이나 중요합니다. 바다 위에 떠 있는 빙산의 눈에 보이는 부분은 겨우 10퍼센트라고 하죠. 나머지 90퍼센트는 바닷속에 잠겨 있듯, 여러분이 보는 글 쓰는 작가의 모습 역시 빙산의 일각일 뿐입니다.

저 역시 그렇습니다. 매일매일 〈구글 캘린더〉와 〈미리 알림〉 〈워크플로위〉의 3중 알람을 통해 마감해야 할 원고와 미팅, 강연 등을 체크합니다. 완성된 원고를 보내기 전, 두세 번 꼼꼼하게 읽으며 오타가 없는지 살펴봅니다. 〈파워 포인트power point〉를 이용해 강연 자료를 만들고, 〈포토샵photoshop〉 〈라이트 룸light room〉 〈다빈치 리졸브davinci resolve〉 등의 프로그램으로 사진과 영상을 편집합니다. 〈엑셀excel〉을 이용해 클라이언트에게 보내는 기획안을 만들고, 세금계산서를 발행하기 위해 공인인증서를 발급받고 홈택스에 접속하는 것도 작가가 하는 일입니다. 도서관에서 자료를 찾으며 하루를 보내야 할 때도 있습니다.

저는 편집자라는 직업도 가지고 있다 보니 다른 작가의 원고를 수정하는 일도 해야 합니다. 작가 섭외와 기획 회의, 미팅도 제가 해야 하는 중요한 업무죠. 요즘에는 〈얼론 앤 어라운드〉 뉴스레터도 발행하면서 해야 할 일이 하나 더 늘었습니다. 곧 홈페이지도 만들어야 할 것 같습니다. (또 어떤 프로그램을 또 배워야 할까요?) 원고를 쓰는 일은 작가가 해야 하는 일의 일부분일 뿐입니다.

성장하는 나

글을 쓰려면 스트레칭을 하세요

20년 동안, 대단한 글은 아니지만 매일같이 글을 써왔습니다. (이 문장을 써놓고 보니 게으름 피우며 살아온 건 아닌 것 같아 약간은 마음이 놓입니다) 아침 일찍 일어나 세수를 하고 만원 지하철을 타고 직장으로 출근하는 회사원처럼, 저는 새벽 3시 30분에 일어나 졸린 눈으로 커피를 마시고, 노트북을 열고 자판을 두드렸습니다. 벽돌공이 벽돌을 한 장 한 장 쌓아가듯 워드 프로그램에 한 글자 한 글자 단어를 입력했습니다.

오랜 시간 동안 글을 써올 수 있었던 건 '체력과 루틴' 덕분이라고 생각합니다. 프리 워커에게 가장 중요한 건 체력입니다. 몸은 마음을 담는 그릇입니다. 그릇이 단단하지 못하면 깨지기 쉽고, 그 안에 담긴 물은 새기 마련입니다. 프리 워커가 일을 하는 가장 좋은 방식은 '습관적으로' 하는 것인데, 이것은 의지만으로 되는 것이 아닙니다. 의지는 석 달 동안 일할 수 있게 해주지만 체력은 삼십 년 동안 일할 수 있게 만들어줍니다.

지속적인 프리 워커 생활을 해나가고 싶다면, 매일같이 육체를 정비하고 최대한 견고하게 유지하라고 조언해 드립니다. 무림의 고수가 칼 쓰는 법을 배우기 전, 장작을 패고 물을 걷는 일을 하는 것은 체력을 키우기 위해서죠. 가장 필요한 승부의 순간에 칼을 들고 벨 수 있는 힘이 있어야 이길 수 있습니다.

달리거나, 걷거나, 수영을 하거나, 자전거를 타세요. 플랭크를 한다면 더 좋겠죠. 저는 하루에 1만 보씩 걷습니다. 집 현관을 나서 가까운 공원 산책로를 두 바퀴 걸은 후 다시 집 현관까지 되돌아오는데, 걸음 수로는 대략 1만 보 정도가 됩니다. 매일 같은 코스를 같은 속도로 걷는 일은 상당히 지겨운 일이지만, 우리가 해야 하는 작업도 이와 다르지 않기 때문에 묵묵히 하고 있습니다.

밤샘은 말리고 싶습니다. 몸을 갉아 먹습니다. 경험상 일이 안 풀리면 일찍 자고 조금 일찍 일어나 일하는 것이 낫더군요. 아프고 약한 몸은 삶뿐 아니라 작업에도 전혀 도움이 되지 않습니다. 비염으로 콧물을 훌쩍이고, 척추가 좋지 않아 의자에 1시간 이상 앉아 있기 힘들고, 오른쪽 어금니가 욱신거린다면 작업에 집중하기 힘들 것입니다. 먼저 병원에 가 치료를 한 다음 작업을 시작해야겠죠. 번개처럼 떠오른 멋진 디자인 영감과 환상적인 스토리는 병원 대기실에 앉아 차례를 기다리는 동안 허공중으로 사라질지도 모릅니다.

되도록 일찍 자는 것을 추천합니다. 일찍 잠자리에 들면 생활이 전반적으로 바뀝니다. 소식을 하게 되고 술을 멀리하게 되죠. 자연스럽게 체력도 좋아질 것입니다. 체력이 약하면 잘하는 게 목표가 아니라 빨리 끝내는 것이 목표가 되어 버립니다. 프리 워커 생활의 기본은 컨디션 관리입니다.

성실함의 대명사는 무라카미 하루키는 "첫째는 건강, 둘째는 재능이다"라고 말했습니다. "재능은 데뷔할 때만 필요하다. 그 다음에는 체력이 필요할 뿐이다." 대작가인 움베르토 에코도 이렇게 말했으니 체력의 중요성은 아무리 강조해도 지나치지 않은 것 같습니다. 이는 달리 말하면, 좋은 작품은 건강한 삶과 안정적인 생활에서 나온다는 뜻이기도 합니다.

저는 노트북에 깔린 〈플로flow〉라는 앱을 통해 시간관리를 하고 있습니다. 일정한 시간마다 알람을 울리는 앱인데요, 25분 동안 일하고 5분 동안 휴식을 취하도록 설정해 놓았습니다. 이 앱은 25분 동안 일하는 것에 집중하기 위해 설치한 것이 아니라, 쉬는 시간 5분을 잊지 않고 챙기기 위해 깔았습니다. 일에 몰두하다 보면 1시간이고 2시간이고 앉아있습니다. 몸이 망가지죠. 플로는 25분마다 화면을 전환시킵니다. 저는 5분 동안 쉬며 스트레칭을 합니다. 글을 쓰려면 스트레칭을 해야 합니다.

루틴을 만드세요

그리고 루틴routine. 프리랜서 생활을 지속적으로 이어가기 위해 꼭 만들어야 하는 것이 루틴입니다. 루틴의 사전적 의미는 '특정한 작업을 실행하기 위한 일련의 명령'입니다. 생활 습관이나 패턴이라고 이해하면 됩니다.

운동선수들이 특히 루틴을 많이 가지고 있습니다. 테니스 선수 나달Rafael Nadal은 서브를 넣을 때 땅을 고른 뒤, 2번 정도 라켓을 치고 귀와 코를 만집니다. 그 다음 공을 팅긴 뒤에 서브를 넣죠. 야구선수들이 타석에 들어서서 땅에 배트를 두세 번 치고 헬멧을 한 번 흔들어 고쳐 쓰고 타격 자세를 잡는 것도 루틴입니다. 루틴은 일을 실행하기 위한 규칙적인 방법과 순서라고 이해하시면 될 겁니다.

루틴으로 유명한 선수는 일본의 야구선수 이치로입니다. 그의 루틴은 경이롭기까지 합니다. 경기장 도착부터 욕실 이용 시간까지 분 단위로 정확하게 이루어지고, 배팅 훈련 방식과 스윙을 하는 횟수도 같고, 늘 정해진 시간에 똑같은 음식을 먹습니다. 그는 루틴의 중요성을 이렇게 설명했습니다.

"나는 똑같은 나라고 생각할 수 있지만 몸과 마음은 매일 변한다. 수천만 원짜리 악기도 습도, 온도 등에 따라 그날그날 다른 소리가 난다. 그렇기 때문에 매일 튜닝을 해줘야 한다.

그 악기가 최고의 소리를 낼 수 있으려면 최고의 환경을 만들어 줘야 한다. 우리의 몸과 마음도 마찬가지다."

프리 워커는 언제나 일정 수준의 컨디션을 유지해야 하는 직업입니다. 세상에 너그러운 클라이언트는 없습니다. 루틴은 컨디션을 지키고 유지하기 위한 방법입니다. 제 직업상 출장이 잦은 탓에 일정한 생활패턴을 유지하기가 힘들었지만, 그래도 루틴은 최대한 지키려고 노력했습니다. 저의 아침 루틴과 일과는 대략 다음과 같습니다. (조금씩 달라질 때도 있습니다.)

1. 새벽 3시 30분에 일어납니다
2. 그라인더에 커피를 갈며 잠에서 깨어납니다. 커피향이 잠을 깨워주네요.
3. 모카포트로 커피를 끓입니다. 커피가 만들어지는 동안 양치질을 하고 서재로 가 컴퓨터를 켭니다.
4. 커피와 함께 초콜릿 2조각을 먹습니다. 뇌를 깨워줄 카페인과 당분을 섭취하기 위해서입니다.
5. 인공 눈물을 넣습니다.
6. 10분 동안 책을 읽습니다.
7. 새벽 4시네요. 책상 앞에 앉아 키보드 위에 손가락을

올리며 저 자신에게 속삭입니다. 자, 오늘도 이 지긋지긋한 하루를 견뎌보자고.

이 7단계 행위는 작업 전, 몸과 마음의 컨디션을 적정 상태로 끌어올리기 위한 루틴입니다. 이렇게 시작된 작업은 오전 7시까지 이어집니다.

8. 오전 7~8시, 아침 식사 시간입니다.
9. 오전 8시 15분, 자동차로 아이들을 학교에 데려다줍니다.
10. 오전 8시 30분, 도서관에 도착합니다. 도서관이 문을 여는 9시까지 차 안에서 책을 읽습니다.
11. 오전 9~12시, 2차 작업 시간입니다.
12. 12시~오후 1시, 점심을 먹습니다.
13. 오후 1시~오후 3시, 학교에서 아이들을 집으로 데려오고 저도 휴식을 취합니다. 30분 정도 낮잠을 잘 때도 있습니다.
14. 오후 3~5시, 3차 작업 시간입니다.
15. 오후 5~6시, 걷습니다.
16. 오후 6~7시, 저녁을 먹고
17. 오후 8~9시, 잠자리에 듭니다.

성장하는 나

새벽 3~7시까지의 1차 작업 시간에는 제가 쓰고 싶은 원고를 씁니다. 누구에게도 간섭받지 않는 저만의 시간이라 집중이 잘됩니다. 저에겐 작업 효율이 가장 높은 시간이죠. 그래서 주로 이 시간에 책의 원고를 쓰는데, 요즘은 뉴스레터 원고를 쓰고 있습니다. 오전 9~12시, 2차 작업 시간에는 의뢰받은 일을 합니다. 잡지나 신문 등 매체에 싣기 위한 원고를 씁니다. 오후 3~5시, 3차 작업 시간에는 2차 작업 시간에 못다 한 일들이나 자료수집, 각종 서류작업 등을 합니다. 특별한 일이 없으면 걷거나, 놀러 나가거나, 책을 읽거나, 영화를 봅니다.

물론 이 루틴이 무너질 때도 있습니다. 출장을 가거나 저녁 술 약속이 며칠 이어지다 보면 루틴을 이어가기가 힘들죠. 그렇다고 자신을 책망하진 않습니다. 다시 시작하면 되니까요. 루틴의 힘은 생각보다 강해서 무너지다가도 어느 지점에 이르면 등에 묶은 고무줄을 잡아당깁니다. 이봐, 이제 정신 차려야지. 내일부터 새벽 세 시에 일어나자고.

루틴을 만들 때 제일 중요한 건, 지키지 못한 나를 용서하는 것입니다. 정해진 루틴을 만들고 루틴대로 하지 못했을 때 '역시 난 계획적이지 못한 인간'이라며 자기 비난을 하지 않고 '완벽한 사람은 없으니까 괜찮아'라는 자기 용서가 따라야 합니다. 그래야 계속 시도할 수 있습니다.

매일 같은 시간에 책상으로 가는 습관을 들이고, 오타와 맞춤법을 확인하고 마감을 지키는 일, 우리가 실천하는 이런 작고 기본적인 일이 좋은 결과물을 만들 수 있게 해줍니다. 벽돌 한 장 한 장이 모여 거대한 피라미드가 되고 만리장성이 되는 것이죠.

디테일이 모여 스펙터클이 완성됩니다. 우리의 지루하고, 고단하고, 고독한 하루하루가 모여 우아한 일생을 만듭니다.

성장하는 나

루틴을 만들 때 제일 중요한 건, 지키지 못한 나를 용서하는 것입니다. 정해진 루틴을 만들고 루틴대로 하지 못했을 때 '역시 난 계획적이지 못한 인간'이라며 자기 비난을 하지 않고 '완벽한 사람은 없으니까 괜찮아'라는 자기 용서가 따라야 합니다. 그래야 계속 시도할 수 있습니다.

정신력은 없다
몸과 근육만이 있을 뿐

오늘은 좀 가벼운 이야기를 해볼까 합니다. '프리 워커의 자잘한 생활 요령'이라고 해도 될 거 같습니다. 재택근무 요령, 생활 방법, 휴일을 보내는 법 등에 관해 이야기해 볼게요.

먼저, 재택근무 요령입니다. 코로나 팬데믹 이후 재택근무를 하는 분들이 많죠. 저는 2006년부터 재택근무를 해오고 있습니다. 다른 프리 워커 분들도 집에서 일하는 시간이 많을 텐데요, 재택근무가 편한 면도 있지만 그렇다고 마냥 좋은 것만은 아닙니다. 아무래도 사무실에서 일하는 것보다는 비효율적인 면이 있습니다.

오랫동안 재택근무를 해온 프리 워커로서 말씀드리자면,

타이트하게 자신을 관리해야 합니다. 한 번 무너지기 시작하면 순식간에 망하는 것이 프리 워커의 생활입니다. 원상태로 돌리려면 두세 배의 시간과 노력이 필요하죠.

프리 워커로 재택근무를 하며 지켜야 할 최소한의 것을 간추려 봤습니다. 많은 것을 우리가 이미 실천하고 있습니다. 제 경험을 이야기하는 것이니 그냥 참고하시는 정도면 좋을 것 같습니다.

- 정해진 시간에 일어나 침대를 정리합니다.
- 아침 루틴을 실행합니다. 커피를 마시며 신문을 읽어도 되고 국민체조를 해도 좋습니다. 아침 루틴이 가장 중요합니다. 제 아침 루틴은 앞서 보내드린 레터에서 말씀드렸습니다.
- 취침 공간과 작업 공간을 분리합니다. 일은 반드시 작업 공간에서 합니다. 집에서 하다 보면 어느 순간 소파에 드러눕고, 스마트폰으로 유튜브나 넷플릭스를 보며 시간을 어영부영 보내고 있는 자신을 발견하게 될 것입니다. 이런 시간은 금방 갑니다. 마감이 다가오면 마음이 무거워지고 머릿속이 복잡해집니다. 어떡하지? 세상이 멸망했으면 좋겠어.
- 집에서 일하더라도 책상 앞에서는 진지해야 합니다. 소

설가 마루야마 겐지처럼 매일 아침 면도칼로 눈썹과 머리카락을 밀 필요까지는 없겠지만, 일을 시작하기에 앞서 마음을 가다듬을 필요는 있겠죠. 저는 노트북과 마우스, 안경, 이어폰, 안약 등을 차례대로 책상 위에 놓고 일을 시작합니다. 일을 마치면 역순으로 다시 가방에 담습니다.

- 평소에도 생활 공간과 작업 공간 정리 정돈을 잘합니다. 현관의 신발 정리를 잘하고, 식사 후 바로 설거지를 하고, 바닥에 물건을 두지 않습니다. 가방과 서랍 정리도 잘해야 합니다. 가방과 서랍에 뭐가 들었는지 모르는 사람은 자신의 컴퓨터에 어떤 자료가 있는지도 모를 확률이 높습니다. 일은 100퍼센트 창작으로만 이루어지는 것이 아닙니다. 자료를 활용한 편집이 더 많은 부분을 차지합니다. 주변을 정리하는 것과 자료를 정리하는 것은 다르지 않은 일입니다. 정리 정돈 습관이 정신과 마음을 안온케 하고 일을 매끄럽게 진행해줄 것입니다.

- 일할 때 청바지에 티셔츠 정도는 입습니다. 클라이언트가 연락도 없이 집 앞으로 왔다면 바로 나갈 수 있는 복장이면 좋습니다.

- 점심은 가볍게 먹습니다. 점심을 먹기 위해 따로 요리를 하지 않습니다. 전자레인지를 이용한 음식이나 간단한

성장하는 나

샐러드, 미리 싸놓은 샌드위치 정도가 좋겠네요. 점심은 차려 먹는 것이 아니라 한 끼 때우는 것입니다. 점심 약속도 함부로 잡지 않습니다. 루틴이 깨집니다.

- 약속을 잡아야 한다면 몰아서 잡습니다. 하루를 사람들 만나고 미팅하는 데 다 씁니다. 사람 만나는 일은 은근히 피곤합니다. 에너지를 많이 쏟아야 합니다. 사람에게 지친 마음으로 일에 집중하기는 쉽지 않습니다.

- 작업 시간을 정합니다. 일에 집중하기 위해서이기도 하지만 휴식시간을 보장하기 위해서입니다. 저는 25분 동안 일하고 5분 동안 쉽니다. 집중시간을 길게 잡지 않는 것이 요령입니다.

- 퇴근 시간을 지킵니다. 퇴근 전 사무공간을 정리합니다.

- 운동 시간을 정하고 지키기 위해 노력합니다. 운동을 꾸준히 하는 요령은 운동을 먼저 하고 작업을 하는 것입니다. 하루에 1만 보 걷기를 계획했다면, 1만 보를 걸은 후 책상으로 가세요.

- 잘 쉬어야 합니다. 프리 워커에게 휴일은 따로 없습니다. 토요일과 일요일, 공휴일이 휴일이 아니라 일하지 않는 날이 휴일이고, 그 휴일은 스스로 만들어서 챙겨야 합니다. 많은 프리 워커들이 주말에 일을 합니다. 왜냐하면 클라이언트는 월요일 아침에 결과물을 보기를 원

하니까요.

- 저의 휴일 사용법. 별다른 일이 없는 휴일 오후에는 주로 주중에 미처 다하지 못한 자질구레한 정리를 합니다. 한 주 동안 읽었던 책에 붙여놓았던 포스트잇과 웹에서 스크랩한 자료들, 메모장에 두서없이 메모해 둔 것들을 제대로 된 문장으로 써서 〈에버노트〉로 옮기고 항목별로 분류합니다. 카메라와 휴대폰 사진첩에 있는 사진들을 외장하드에 백업을 받고, 리터치해야 할 사진을 리터치 합니다. 미처 읽지 못한 뉴스레터를 읽고 정리합니다. 다음 주에 해야 할 일의 목록을 적고 캘린더에 입력합니다. 보내야 할 이메일, 미팅, 각종 체크해야 사항 등을 〈미리 알림〉에 체크합니다. 커피 마시며 슬렁슬렁하는 정도입니다.

- 잠은 최소 6~8시간은 꼭 잡니다. 잠이 모자랄 정도로 일을 해야 한다면 일의 양, 또는 일의 방식을 다시 점검해 봐야 한다는 뜻입니다.

- 매일 체중을 기록합니다. 먹을 것을 쟁여두지도 않습니다. 자기 관리의 기본은 체중입니다.

- 이렇게 하는 이유는 건강해야 하기 때문입니다. 젊은 시절로 돌아가고 싶은 마음은 없지만, 돌아가야 한다면 그때의 저에게 50분 동안 일하고 의자에서 일어나 10분

동안 스트레칭을 하라고 충고하고 싶습니다. 나이 들면, 젊어서 몸을 혹사시킨 걸 몸으로 다시 갚아야 합니다. 거기엔 다 비용이 듭니다. 그것도 아주 많이요. 정신력 같은 건 없습니다. 정신력은 몸에서, 근육에서 나옵니다. 100살까지 사는 시대입니다. 참고해서 플랜 짜시길.

- 이메일은 별도의 계정을 파서 쓰세요. 실명이나 자신의 이름과 관계된 아이디면 좋습니다. 신뢰감을 더 줄 수 있거든요. 평소에 쓰는 개인 이메일은 프라이버시가 노출될 위험이 있습니다.

- 계약서를 씁니다. 일에 착수하기 전, 자신의 생각과 입장을 상대에게 이해시켜야 합니다. 또 상대방의 의견과 생각에 대해 당신이 납득해야 합니다. 이는 회의, 협의라는 과정을 통해 '일치'에 이르게 되는데, 이 일치의 항목을 문서로 만들어 놓은 것이 계약서입니다. 대부분 클라이언트와 작업자가 만들어 낼 결과물을 언제, 어디에, 어떻게, 어떤 모양으로 만들어 놓겠다고 씌어있죠. 계약서는 서로가 서로의 일에 최선을 다하겠다는 의지를 객관적인 언어로 확인해 놓은 장소이자, 책임을 서로에게 미루지 않겠다는 약속입니다. 많은 프리 워커들이 계약서를 쓰지 않아 손해를 보는 경우가 많습니다. 대금을 받지 못하고 무리한 수정을 요구받는 등 겪지 않아야 할

일을 겪게 되고 당하지 않아야 할 일을 당합니다. 공유해야 할 이익을 뺏기기도 하고요. 계약서를 쓰지 않더라도 최소한 이메일 정도로는 남겨두는 것이 좋습니다. 계약을 맺지 않겠다는 클라이언트는 믿지 마세요. 어른의 삶은 계약서에 사인한 대로 흘러갑니다.

- '부캐'를 만듭시다. 글에만 목숨 걸다 보면 나중에 '글쟁이'라는 직업만 남게 됩니다. 자칫 인생에 대한 회의가 올 수도 있습니다. 위스키, 커피, 홍차, 요리, 등산, 자전거, 테니스, 뜨개질 등 부캐를 만듭시다. 글쓰기 말고 할 줄 아는 게 없는데, 이게 잘 안되면 멘탈 관리가 안 되고 번아웃burnout이 옵니다. 나중에 부캐가 주 수입원이 될 수도 있고요. 인생은 즐기는 것입니다. 저도 부캐를 준비하고 있습니다.

아래는 제가 정리해 본 〈프리 워커 십계명〉입니다.

1. 남 욕하지 않기. 어떻게든 그 사람의 귀에 들어갑니다.
2. 칭찬하기. 어떻게든 그 사람의 귀에 들어갑니다.
3. 감사하기. 커피 기프티콘이든 무엇이든 신세를 졌으면 반드시 감사를 표합니다.
4. 먼저 물어보기. 모르면 물어봅시다, 제발.

5. 취했을 때 일 이야기를 하지 않습니다. 특히 계약에 관해서는.

6. 공짜로 해주지 않습니다. 돈을 받아야 하는 타이밍을 정하고 클라이언트에게 "여기서부터는 비용이 발생합니다"라고 말하세요. 다양한 패키지 상품을 미리 만들어두는 것도 한 방법입니다. 저는 가지고 있는 원고를 줄 때, 취재를 나가야 할 때, 지방으로 취재를 하러 갈 때 등 여러 가지 패키지를 만들어 둡니다.

7. 한 번 안 좋았던 사람과는 웬만하면 다시 일하지 않습니다.

8. 나 싫어하는 사람에게 신경 쓰지 맙시다. 그 사람은 내가 뭘 해도 싫은 거니까요. 나 좋아해 주는 사람 챙기면서 사는 것도 힘듭니다.

9. 싫은 거 싫다고 말 안 하면 나중에 더 힘듭니다. 조금 힘들고 말아요, 우리.

10. 마지막으로 '나 역시 누군가에겐 개○○일 수도 있다'라는 걸 알아둡시다. 지나치게 자신을 착한 사람으로 만들 필요가 없다는 뜻입니다.

인맥도 실력이 있어야
만들 수 있다

'일을 하는 데는 무엇보다 인맥이 중요합니다.' '누구를 아느냐가 성공을 좌우한다'라는 말을 자주 듣습니다. 틀린 말은 아닙니다. 우리가 일하는 바닥은 언제나 좁고, 우리는 무수한 인맥으로 얽혀 있으니까요. 한 분야에서 오래 일하다 보면, 프로젝트를 진행할 때면 아는 사람이 꼭 끼어 있죠. 한두 다리를 건너면 어느새 학교나 고향 선후배, 직장 동료 등을 통해 다 연결이 되더라고요. 그런데 딱 거기까지입니다. "○○ 아세요?" "네, 알고 있습니다." "못 본지 오래됐는데 다음에 만나시면 안부 좀 전해주세요. 언제 기회 되면 식사 같이 하면 좋고요." 대부분 여기에서 끝납니다.

이제는 인맥이 중요하다는 것을 알고 있지만, 의외로 인맥이 별 소용없다는 것도 알고 있습니다. 제가 경험한 인맥은 대개 사소한 부탁 정도를 들어주는 정도에서 끝났지, 일의 승패를 좌우하고 판도를 바꿀 만큼 크게 작용하지는 않더라고요.

사람들이 기억하는 건 제가 아니라 제가 만든 콘텐츠였습니다. "○○을 잘 안다"고 떠벌리고 다니는 사람치고 일을 제대로 하는 사람은 보지 못했습니다.

시대가 많이 바뀌었습니다. 일하는 방식은 더 많이 바뀌었죠. 코로나 팬데믹을 지나오며 우리는 일과 삶의 규칙을 바꾸지 않으면 안 된다는 것을 경험했고, 실제로 현장의 기업들도 업무 방식을 전환하고 있습니다. 비대면 문화가 어느덧 새로운 표준으로 자리 잡으면서 재택근무와 화상 미팅이 낯설지 않게 됐습니다. 앞으로 오프라인의 온라인화는 더욱더 가속화될 것이고 이 업무 방식은 아마도 상당 기간 이어지고, 발전할 것입니다. 아마도 예전의 방식으로 돌아가기가 쉽지 않을 것 같습니다.

사람들 간의 소통도 자연스럽게 온라인으로 옮겨갈 것입니다. 명함을 주고받고, 함께 모여 얼굴을 맞대고 의논하고, 커피와 술을 마시며 토론하는 시대는 점점 저물어가겠죠. 직접 만날 기회가 없으니 일이 더 중요시될 겁니다. 그만큼 인맥이 차지하는 비중이 줄어들고 실력이 차지하는 부분이 늘어날 것입니다. 트렌드 분석가이자 경영 전략 컨설턴트로 언컨택트uncontact 사회를 진단한 김용섭 '날카로운 상상력 연구소' 소장은 이렇게 말했습니다. "온라인에선 숨을 틈이 없어요. 실력이 더 선명하게 드러나요. 쉴 새 없이 메시지를 줘야 하니 밀도 높은 콘텐츠만 살아남죠. 결국 실력 있는 자가 이겨요."

인맥도 실력이라고 생각하시는 분도 있을 것입니다. 하지만 '인맥으로 쌓아올린 실력'은 '실력으로 쌓아올린 실력'에 비해 그 밀도가 현저히 낮고 휘발성이 강합니다. 양적으로만 쌓인 친분과 인맥은 오히려 스트레스로 다가오죠.

요즘은 SNS를 통해 자신의 실력을 얼마든지 알릴 수 있는 시대입니다. 유명인과도 연결될 수 있고요. 전문가를 만날 수 있는 방법은 노력하면 얼마든지 찾을 수 있습니다. 인맥을 만들기 위해 가기 싫은 모임이나 술자리에 억지로 나가지 말고, 그 시간에 자기 실력을 쌓는 데에 집중하는 게 낫습니다. 일을 제대로 하는 사람이라면 술 마실 때 좋은 사람과 일할 때 좋은 사람은 구분할 줄 알 것입니다.

가끔 적성에 맞지 않아 실력이 늘지 않는 것이라고 생각하는 이들이 있습니다. 거꾸로 생각하면 실력이 늘지 않기 때문에 흥미를 잃는 것이고, 그래서 그 일이 싫어지는 것입니다. 이걸 빨리 파악하는 것이 중요합니다. 매너리즘과 지지부진에서 오는 고통의 원인은 실력에 있습니다. 실력이 쌓이면 성과가 나고, 성과가 나기 시작하면 절대 포기하지 않죠. 불평을 하고 회의가 들 때도 있지만 일 자체를 그만두지는 않는다는 말입니다.

다시 한 번 말하지만, 본질은 실력입니다. 실력은 돈과 같죠. 돈이 우리가 겪는 불행의 반 이상을 해결해 주듯, 실력을 갖추고 있으면 일에서 겪는 대부분의 문제는 해결할 수 있습니다. 내가 힘들 때 도와주는 사람이 있다는 건 정말 고마운 일이죠. 하지만 스스로의 힘으로 넘어야만 하는 파도가 있습니다.

흔히들 운도 중요하다고 합니다만 실력이 있어야 운도 잡을 수 있는 겁니다. 아무리 자기 앞에 운이 와도 실력이 없다면 잡질 못해요. 실력이 없으니 그 운을 알아볼 수가 없는 거죠. 주위에 정말로 운이 좋다고 하는 사람들이 있는데, 사실 그 사람들은 실력이 있는 사람이었습니다.

일단 실력을 쌓으세요. 실력이 쌓이면 누군가 도와달라는 사람이 생길 것입니다. 그때 그 사람을 진심으로 도와주면 됩니다. 이 사람은 나중에 더 큰 도움이 되어 돌아올 것입니다. 이런 것이 쌓여 인맥이 되는 것입니다. 인맥은 내가 실력이 있을 때 만들어지는 것이고, 그것이 진짜 인맥이 되는 겁니다.

실력이 있어야 운도 잡을 수 있는 겁니다. 아무리 자기 앞에 운이 와도 실력이 없다면 잡질 못해요. 실력이 없으니 그 운을 알아볼 수가 없는 거죠. 주위에 정말로 운이 좋다고 하는 사람들이 있는데, 사실 그 사람들은 실력이 있는 사람이었습니다.

프로는
일을 '해내는' 사람

프로는 일을 '잘하는' 사람이 아니라 일을 '해내는' 사람이라고 생각합니다. 일을 잘한다는 것은 능력이 좋다는 뜻이겠지만, 일을 해낸다는 건 '전략을 가지고 일한다'는 뜻입니다.

아쉽게도, 우리는 모두 일을 잘할 수 있는 재능을 타고나지 못했습니다. 그런 재능을 타고난 사람은 소수죠. 그래서 우리는 우리에게 부족한 이 재능을 커버하기 위해 '전략'이라는 걸 세웁니다. 고객이 원하는 상품은 뭘까, 내 작업의 결과물을 시장에 어필하기 위해 어떤 콘셉트를 가져가야 하고, 어떤 방식으로 이야기를 풀어내야 할까, 숨겨야 할 점은 무엇이고 부각해야 할 점은 무엇일까 등 여러 가지 사항을 고민하고 그것을 해결할 방법을 찾는 거죠. 무턱대고 밤을 새워 가며 원고지 1,000매를 쓴다고 독자들이 알아봐 주고 인정해 주지 않습니다. 이는 창작도 중요하지만 결국은 '편집'이 관건이라는 말이기도 하죠. A, B, C, D 라는 재료를 'B-A-D-C'로 배치하느냐, 아니면 'D-A-C-B'로 배치하느냐에 따라 결과물은 완전히 달라집니다.

창작이 스토리story를 만드는 것이라면, 편집editing은 내러티브narrative를 구축하는 것이라고 보면 됩니다. 콘텐츠의 디지털화가 가속화되고 있는 지금 시대에 스토리와 내러티브의 역할이 점점 중요해지고 있습니다. 독창성은 오리지널리티originality에서 발현할 수도 있지만, 편집이라는 방법을 통해서도 구현할 수 있거든요.

그렇다면 어느 날 갑자기 멋진 창작물을 만들어냈다고 당장 프로로 인정받을 수 있는 것일까요. 그러기는 좀 힘들 것 같습니다. 프로는 '신뢰받는' 사람이어야 합니다. 우리는 아마추어를 좋아하고 응원하지만, 그들을 신뢰하지는 않습니다. 그들은 기분에 따라 일하고 마감을 잘 지키지 않으니까요. 어떤 아마추어는 일을 선택하는 데도 굉장히 까다롭기까지 합니다. 그런데 아마추어의 가장 큰 문제는 그들이 만들어내는 결과물이 일정 수준의 퀄리티를 담보하지 못한다는 것이죠. 어떤 경우에는 놀라운 결과물을 보여주다가도 어떨 때는 차마 사용할 수 없을 정도의 퀄리티를 내기도 합니다.

시장에서 어느 정도 경력이 쌓이고 일을 잘한다고 소문이 나면, 주도적으로 일을 진행해야 하는 프로젝트를 맡게 되는 경우가 많습니다. 이럴 경우 여러 창작자와 협업을 하게 되죠. 모든 프로젝트는 예산이 한정되어 있고, 그 예산에 맞추다 보면 솜씨 좋은 베테랑으로만 팀을 구성하기가 어렵습니다. 그래서 2~4년 차의 세미프로 혹은 2년 차 미만의 초보 작가들과 일을 하게 되는 경우가 있는데요, 이들과 일을 해나가다 보면 계속해나가야 하는지 의문이 들 때가 있습니다. 수정하고, 수정하고, 수정하다 보면 차라리 직접 하는 게 낫겠다는 생각이 들 때가 많죠. 하지만 이런 경우는 그냥 그러려니 하고 넘어갑니다. 초보 작가들을 섭외할 때 이미 각오한 일이니까요. 그리고 그들은 일에 서툰 만큼 보수를 적게 받으니까요.

문제는 고집 센 아마추어를 만났을 때입니다. 자기 일에 무한한 자부심을 가지고 있으며 절대 양보하고 타협할 수 없다고 고집을 부리는 사람들이 있습니다. 그들은 자기 일을 예술이라고 생각하고 자기만의 작품을 만든다고 생각하죠. 독특하고 특별한 감각을 뽐내는 것도 좋지만, 저는 일이 우선되어야 한다고 생각합니다. 자기 작품을 만들 거면 자기 돈으로 하는 것이 맞지 않을까요. 일은 수정의 연속과 반복입니다. 수정하고, 수정하고, 또 수정해서 하나의 결과물을 만들어내는 것이 바로 일의 방식이죠. 그런데 그들은 수정 요구를 받아들이지 못합니다. 자신의 작업이 완벽하다고 생각합니다. 물론 이런 사람들은 아주 가끔 만납니다만.

쉽게 생각합시다. 우리가 만들어내야 할 것은 작품이 아니라 클라이언트를 만족시켜야 하는 결과물입니다. 작품이 아니라 상품을 만들어야 한다는 것이죠. 클라이언트가 의뢰한 프로젝트를 수행해 결과물을 만들어 '납품'하고 거기에 따른 대가를 받습니다. 그리고 그걸 기꺼이 하고, 해내는 사람을 '프로페셔널'이라고 부르는 것이고요. 팀의 승리를 위해 번트를 대야 할 때도 있는 겁니다. 뛰어난 플레이어는 감독의 작전 요구를 정확히 이해하고 작전에 맞는 플레이를 합니다. 만약 그가 정말 뛰어난 플레이어라면, 감독이 그의 플레이를 중심에 둔 작전을 만들지 않을까요.

많은 사람이 오해하고 있는 것 사실 가운데 또 다른 하나는, 프로는 모든 일을 100퍼센트 잘하는 사람이라는 것입니다. 맡은 일마다 120퍼센트의 결과물을 만들어낼 수 있다면 더할 나위 없이 좋겠지만 불행하게도 우리는 그런 재능을 타고나지 못했습니다. 아마추어는 어떤 때는 150퍼센트의 퀄리티를 만들어내다가도 어떤 때는 40퍼센트의 퀄리티를 만들어냅니다. 들쑥날쑥하죠. 그들은 그것을 실수라고 부르는데, 그 실수 때문에 그들을 신뢰할 수는 없는 것입니다. 프로에게 실수는 곧 실력이거든요.

그렇다면 프로는 어떨까요. 프로는 좋지 않은 상황에서도 최소 80퍼센트 이상의 퀄리티는 만들어냅니다. 신뢰는 바로 이 지점에서 발생합니다. 모든 것이 좋은 상태에서 100퍼센트의 결과물을 만들어냈다고 그를 신뢰하지는 않죠. 왜냐하면 그건 누구나 할 수 있는 일이거든요. 가끔 한밤중에 클라이언트에게 메시지가 옵니다. SOS라는 걸 직감합니다. "작가님, 혹시 이 일 가능하실까요?" "네. 일단 해봐야죠." 그리고 어떻게든 내보일 만한 결과물을 만들어 가져갑니다. 커리어와 신뢰는 이런 결과물들이 쌓이고 쌓여 만들어지는 것입니다.

정리하자면 이렇습니다. 프로는 전략을 세우고, 유연하게 일하고, 최악의 상황에서도 80퍼센트 이상의 퀄리티를 만들어내는 사람입니다. 프로는 신뢰를 바탕으로 작업을 해 결과물을 만들고 거기에 따른 비용을 받습니다.

그럴듯한 무언가를 만들려고 했다면 그럴듯한 무언가를 '어떻게든' 만들어내야 합니다. 프로가 되어봅시다.

3
—

성숙해지는 나
—

우리는
모두가
대체
불가능한
존재
—

스타일이 없다는 것은
아무 것도 없다는 것

"그 사람은 자신만의 스타일이 있지." 언제 들어도 기분 좋은 말입니다. 아마도 창작자에게 이것보다 더 좋은 칭찬은 없을 것입니다. 이 말을 들으면 지금까지 해 온 작업이 세상에 인정받고 있다고 하는 생각이 들어 뿌듯해집니다.

흔히들 그 사람의 스타일이 그 사람을 말해준다고 하죠. 저 역시 그렇게 생각하고, 그 말에 흔쾌히 동의합니다. 마흔 살이 넘은 이들에겐 특히 더 그런 것 같습니다. 마흔 넘은 사람은 살아온 인생이 얼굴에 다 드러난다는 말이 있는데, 이 말은 그 사람이 살아오면서 해 온 행동과 생각이 오랜 시간에 걸쳐 그 사람의 얼굴에 퇴적되었다는 뜻이 아닐까요. 그의 직

　　　　　　　　　　　　성숙해지는 나

업과 생활 방식, 취향, 습관, 말투 등이 알게 모르게 어울려 그 사람만의 스타일을 만들어내는 것입니다.

창작자에게 "당신은 당신만의 스타일이 있군요"라고 말하는 건 아마도 이런 뜻일 겁니다. '당신은 오랜 시간 동안 진지한 태도로 성실하게 작업을 해오며 견고한 토대를 마련했고, 당신만의 시각과 사상, 세계관을 그 토대 위에 올려 독창적이고 훌륭한 결과물로 만들어낼 수 있다.' 태도와 취향, 시선, 생각, 표현 등 이 모든 것이 어울려 하나의 스타일을 만들어내는 것 아닐까요. 조금 과장해서 말하자면, 창작자에게 '나만의 스타일이 없다'는 것은 '아무 것도 아니다'라는 말과 같습니다. 아무튼 '스타일이 좋다'라는 말은 언제 들어도 두근대고 멋집니다.

다시, 프리 워커로 일을 처음 시작했을 때에 대해 말씀드리겠습니다. 제가 시장에 뛰어들었을 때 당연하게도 먼저 들어와 있던 작가들이 많이 있었습니다. 잡지와 신문(그때만 해도 잡지와 신문, 사외보가 작가들의 주 활동 무대였습니다)을 펼치면 항상 나오는 이름이 있었죠. 그들의 글과 사진은 정말 훌륭했고 사진도 뛰어났습니다. 모두 오랫동안 활동한 베테랑이었습니다. 게다가 그들은 그들만의 견고한 카르텔을 구성해 일하고 있었죠.

행운이었던 건, 당시만 해도 시장에는 작가들이 부족했다는 것이었습니다. 글과 사진을 웬만큼 만들 줄 안다면 여행기를 실어 줄 매체를 찾기는 그다지 어렵지 않던 때였습니다. 당시 잡지와 사외보에서는 여행 원고를 한두 꼭지는 꼭 실었습니다. 그리고 언제부터인가 여행 작가학교가 여기저기 생겨나기 시작하더군요. 저도 강의를 나갔습니다. 원고를 쓰고 강연을 하고 책을 내는 바쁜 나날이 계속됐습니다.

여행 작가를 지망하는 사람들은 지금도 많습니다. 여러 가지 이유가 있겠지만, 기술이 발전하면서 디지털카메라가 점점 좋아졌다는 것도 한 가지 이유가 될 수 있을 것입니다. 누구나 근사한 여행 사진을 찍을 수 있게 된 것이죠. 잡지에 실을 수 있을 만한 사진을 찍기 위해서는, 예전에는 어느 정도의 훈련과 연습이 필요했지만 지금은 그럴 필요가 없습니다. 카메라 촬영 모드 다이얼을 P모드에 놓고 찍은 다음 약간의 포토샵 작업만 거치면, 초점이 안 맞거나 흔들리지만 않았다면 누구나 잡지에 실을 수 있을 정도로 근사한 사진을 만들어 낼 수 있습니다.

또한 당시는 약간의 돈만 있으면 누구나 해외 여행을 갈 수 있는 시대였죠. 주위에는 뉴욕, 런던, 파리, 멜버른, 남미, 중동, 아프리카를 여행하고 온 사람들이 넘쳐났습니다. 젊은 배낭여행자들은 오지를 열심히 찾아다녔습니다. 그들이 저렴

한 가격으로 여기저기에 원고를 뿌려댔죠. 서점가에도 '여행 사진 에세이' 시장이 만들어졌습니다. 출판사를 통해 책을 내지 못한 작가들은 독립서점으로 진출해 '그들만의 리그'를 만들기도 했습니다.

작가들이 등장하고 상품이 쏟아지기 시작하면서 경쟁은 한층 치열해졌습니다. 어떻게 살아남아야 할까 하는 고민이 시작됐습니다. 그 고민 끝에 내린 결론은 '나만의 스타일'을 만들어야 한다는 것이었습니다. 요즘 마케팅에서 말하는 브랜딩 전략이었죠. 다른 작가와 차별화되는 나만의 스타일을 구축하고, 스스로가 브랜드가 되어야 살아남을 수 있다고 판단했습니다.

어떻게 해야 할까요. 스타일을 구축해 하나의 브랜드로 성장하기 위해서는 어떻게 해야 할까요. 핵심은 딱 두 가지였습니다. '콘텐츠'와 '태도'. 이 두 가지가 가장 중요하다는 생각에는 지금도 변함이 없습니다. 작품뿐만 아니라 살아가는 데도 똑같이 적용됩니다. 콘텐츠와 태도는 시간과 신뢰를 통해 만들어지는 것이거든요. 장기적인 관점으로 꾸준한 노력이 필요하다는 말입니다.

남들이 다 찍는 사진이 아닌 나만의 포즈와 감성, 분위기가 담긴 사진을 찍자, 남들이 다 쓸 수 있는 천편일률적인 이야기가 아닌, 나만의 스타일로 글을 쓰자, 그래야 치열한 시장에서 살아남을 수 있다고 생각했습니다.

먼저 글과 사진에 대해 몇 개의 키워드를 잡았습니다. '위로'와 '행복', '마음'이 그것이었습니다. 의뢰를 받아 만든 원고에 이런 이야기를 조금씩 넣었고 사진도 이 키워드를 주제로 작업했습니다. 단행본 작업도 이 주제로 이어갔습니다. 그렇게 1년, 2년, 10년을 이어가니 비로소 제 스타일이 만들어지더군요. 작업 의뢰가 들어올 때 "작가님의 스타일대로 해주세요." "작가님 스타일이 잘 살아났으면 좋겠습니다" 하고 주문이 들어왔습니다.

지금까지 작가로 살아남고, 생활해 올 수 있었던 건 '나만의 스타일' 덕분이라고 생각합니다. 작가 역시 식당과 다를 바 없습니다. 비슷비슷한 맛을 내는 메뉴를 가지고 식당 문을 연다면 손님이 쉽게 오지 않을 것입니다. 온다고 해도 단골이 되기 힘들 뿐만 아니라 오래 가지도 못할 것입니다. 사람들은 어디에서나 먹을 수 있는 음식에 굳이 비싼 비용을 지불하려고 하지 않거든요. 역시 똑같은 콘텐츠에 비싼 비용을 지불할 클라이언트는 없을 것입니다. 누구나 만들어낼 수 있는 콘텐츠로는 승산이 없다는 말이죠. 페라리가 현대차보다 6배나 비싼 이유는 단지 성능이 6배 좋기 때문이 아닙니다. 사실 성능은 크게 차이가 없다고 봐도 무방합니다. 그 성능을 100퍼센트 다 쓸 만한 도로도 없고요. 하지만 사람들은 페라리를 가지기를 열망합니다. 사람들이 갖고 싶은 건 페라리가 아니라 페라리가 가진 명성과 스타일 그리고 브랜드죠. 사람들은 거기에 기꺼이 돈을 내는 것이고요.

보석 브랜드 티파니와 대형 마트 체인점 코스트코 사이에 벌어진 '반지의 전쟁'이 있습니다. 2012년 코스트코가 자사 매장에서 '티파니'라는 이름을 붙인 다이아몬드 약혼반지를 판매하면서 다툼이 시작됐는데요, 당시 티파니 측은 코스트코가 위조품을 판매해 상표권을 침해하고 회사의 브랜드와 이미지를 훼손했다며 소송을 제기했습니다. 코스트코 측은 티파니라는 용어가 반지에 보석을 고정하는 방식을 가리키는 일반적인 단어라고 반박했죠. 결론은 티파니의 승. 법원은 코스트코가 티파니에게 2,100만 달러를 배상하라고 판결했습니다.

사실 티파니와 코스트코의 다이아몬드 반지 감정가는 별 차이가 없다고 합니다. 2005년, ABC의 한 프로그램에서 두 회사의 다이아몬드 반지를 전문가에게 감정을 의뢰한 적이 있었는데 감정가는 비슷했습니다. 하지만 가격은 티파니가 코스트코보다 2.5배나 더 받았습니다. 티파니가 코스트코보다 2.5배나 더 받을 수 있는 이유는 티파니라는 브랜드 때문일 것입니다. 티파니는 1837년 만들어진 이후 지금까지 무려 185년이나 평판과 명성을 쌓아왔습니다. 오랜 시간에 걸쳐 티파니라는 스타일을 만들고 그 스타일이 하나의 브랜드가 된 거죠. 티파니 홈페이지에는 회사를 소개하는 이런 카피가 있습니다.

"Glimpsed on a busy street or resting In the palm of a hand, Tiffany Blue Boxes make hearts beat faster and epitomize Tiffany's great heritage of elegance, exclusivity, and flawless craftsmanship."(바쁜 거리 유리창 너머로 볼 때나 손바닥 위에 놓여 있을 때, 티파니 블루 박스는 심장을 두근거리게 만듭니다. 블루 박스는 티파니의 우아함, 희소성, 그리고 흠 없는 장인 정신의 헤리티지를 잘 보여주고 있습니다.)

우아함, 희소성, 흠 없는 장인정신, 헤리티지, 이 네 가지 요소는 브랜드가 어떻게 만들어지는지를 잘 보여줍니다. 티파니는 '우아함'이라는 콘셉트로 보석을 만들어, 오직 티파니만이 줄 수 있는 '희소성'의 가치를 고객에게 전달합니다. 이 가치는 '흠 없는 장인정신'에 의해 구현됩니다. 완벽한 품질의 보석을 만들기 위해 티파니는 타협하지 않는다고 말하는 것이죠. 그리고 헤리티지는 이 보석을 지금까지 만들어온 역사를 말합니다. 사람들은 코스트코보다 티파니가 더 비싸지만, 티파니라는 브랜드를 믿고 흔쾌히 돈을 지불합니다.

스타일은 단시간에 만들어지지 않습니다. '내일부터 나는 이런 스타일로 작업을 할 거야'라고 마음먹는다고 해서 뚝딱 나오는 것이 아니라는 겁니다. 스타일은 시간과 신뢰가 꾸준히 축적되어 구축되는 것입니다. 마흔 살 이후 얼굴에 그 사람의 인생이 드러나는 것과 같은 이치죠. 마치 1,000피스짜리 직소 퍼즐과 같아서 멀리서 보아야 비로소 보이는 것이기도 합니다. 제가 꾸준함을 강조하는 이유가 바로 이것 때문입니다. 인스타그램도 트위터도 페이스북도 쏟아부은 시간이 쌓이고 쌓여 팔로워가 만들어지는 것입니다.

스타일을 만드는 또 하나의 방법은 '반복'입니다. 새로운 것도 좋지만 이미 가지고 있는 것을 반복해 사람들에게 보여주는 것도 중요하다는 것이죠. 거장이 평생 동안 하나의 주제에 몰두하는 것도 그 예가 될 수 있을 것입니다. 일정 수준 이상의 작업물을 계속 만들어내다 보면 사람들은 자연스럽게 그를 신뢰할 것이며, 그의 스타일은 브랜드로 발전할 수 있을 것입니다. 좋은 브랜드는 오랜 시간 동안 좋은 평판을 구축해왔다는 것이고, 평판이 좋은 브랜드는 같은 상품보다 더 높은 가치를 만들어 낼 수 있습니다.

정리하자면 이렇습니다. 하고 싶은 일이 있다면, 1) 일단 시작을 하세요. 2) 전략을 세우고 3) 꾸준히 하다 보면 4) 스타일이 만들어지고 5) 팬덤이 형성되며 6) 브랜드가 될 것입니다. 7) 그리고 더 비싼 가치를 만들어낼 수 있을 것입니다.

오늘은 제가 좋아하는 소설가 무라카미 하루키의 말로 마무리하겠습니다. "자신만의 것 ; 이것이 오리지널리티의 정의로서는 가장 이해하기 쉬운 것인지도 모르겠습니다. 신선하고, 에너지가 넘치고, 그리고 틀림없이 그 사람 자신의 것인 어떤 것."

성숙해지는 나

단순하게 살기
더 집중하고 몰입하기 위해

삶에서 그다지 중요하다고 여기지 않는 불필요한 부분은 최대한 덜어내려고 합니다. 옷을 입는 데서도 그렇습니다. 주로 혼자 일하는 편이라 평소 옷차림에 많이 신경을 쓰는 편은 아닙니다. 비교적 자유로운 편이죠. 회사에 출근하지 않고 작업실이나 카페, 도서관에서 주로 작업하다 보니 남의 시선을 그다지 신경 쓰지 않아도 됩니다. 수트를 차려입을 일은 1년에 1~2번 정도죠. 셔츠나 재킷을 입을 일도 잘 없고, 그레이나 베이지색 면바지를 입을 일도 드뭅니다.

1년에 3분의 2(어쩌면 더 이상일 수도 있습니다)는 청바지에 검은색 티셔츠, 또는 청바지에 후드티 차림으로 생활합니다. 청바지는 테이퍼트 핏으로 입습니다. 젊었을 때는 레귤러 핏을 입었지만, 나이가 든 지금은 조금은 헐렁한 테이퍼트 핏이 편합니다. 후드티는 회색과 검은색을 즐겨 입고요, 운동화는 나이키 에어포스를 신습니다. 지금도 옷장에는 청바지 7벌과 후드티 10장이 걸려있네요.

이렇게 입은 지는 15년은 된 것 같습니다. 어느 잡지와의 인터뷰에서 "작가님은 왜 언제나 청바지에 후드티만 입는 거죠, 특별한 이유가 있는 건가요?"라는 질문을 받고서는 "스티브 잡스와 마크 주커버그도 항상 같은 옷만 입죠" 하고 농담처럼 대답한 적이 있습니다. 아, 물론 제가 그들과 같은 클래스라는 건 아니니 오해하지 마시길.

우리에게 시그니처 룩signature look으로 가장 잘 알려진 사람은 애플의 창업자였던 스티브 잡스와 페이스북의 CEO 마크 주커버그일 것입니다. 스티브 잡스는 이세이 미야케가 디자인한 검은 터틀넥 셔츠와 리바이스 청바지 그리고 뉴밸런스 992 운동화만 신었던 것으로 잘 알려져 있습니다. 주커버그도 짙은 회색 티셔츠만 입습니다. 언론과 SNS에 공개된 그의 옷장에는 회색 티셔츠만 20벌 걸려 있었습니다. 그들과 저를 감히 비교할 수는 없겠지만, 매일 똑같은 옷을 입는 이유는 그들과 같습니다. 불필요한 곳에 사용하고 소모되는 에너지를 가급적 줄이고, 거기에 따른 스트레스를 덜 받으며, 조금 더 단순한 삶을 살기 위해서입니다.

주커버그는 어느 인터뷰에서 같은 옷만 입는 이유에 대해 "내가 페이스북에 기여한 일 중 하나는 똑같아 보이는 티셔츠를 여러 벌 갖고 있다고 사람들에게 알린 점"이라고 농담처럼 말했지만, 이렇게 설명하기도 했습니다. "나는 내 모든 에너지를 더 나은 제품과 서비스를 만드는 데 쏟고 싶다. 불필요한 의사 결정을 최대한 제거하고 모든 에너지를 페이스북에 쏟고 싶다. 일에 집중하다 보면 다른 옷을 코디해 입는 것이 집중력을 흩뜨린다".

그렇다면 잡스는 어떤 이유로 수십 년 동안 같은 옷을 입게 되었을까요? 주커버그와는 약간 다른 이유인데, 바로 유니폼이 주는 '단결성' 때문이라고 합니다. 스티브 잡스 전기에 따르면 일본의 소니를 방문한 잡스는 소니 직원들이 유니폼을 입는 것을 신기하게 여겨 모리타 아키오 사장에게 이유를 물었습니다. 모리타 사장은 "사원들에게 유니폼을 제공했는데, 이것이 나중에는 소니의 특징으로 발전했고 서로 단결하는 계기가 됐다"고 설명했습니다. 당시 소니의 유니폼은 유명 디자이너 이세이 미야케가 만든 것이었습니다. 이후 미야케를 만난 잡스는 그에게 애플 직원들을 위한 디자인을 부탁하며 인연을 맺게 되는데, 잡스와 미야케 두 사람은 편의성이나 이미지 메이킹을 위해서는 잡스 고유의 스타일을 갖는 것이 좋다는 데 뜻을 모으게 됩니다. 그래서 탄생한 것이 잡스의 시그니처 아이템인 '검은 터틀넥과 청바지'입니다. 잡스는 새로 출시하는 제품을 발표하는 자리마다 이 시그니처 룩을 입고 나왔죠. 잡스는 옷이 낡게 되자 다시 옷을 주문하기 위해 미야케에게 전화를 걸게 되는데, 제작이 중단된 옷이라 수백 벌을 주문하지 않으면 만들 수 없다는 말에 잡스는 지금 자신이 입고 있는 옷과 동일한 색감과 촉감을 가진, 특히 소매를 걷었을 때의 느낌을 그대로 살린 옷을 만들어 달라고 요청했다는 후문도 전합니다.

옷을 사는 일은 제게 약간은 골치 아픈 일 중의 하나입니다. 아웃렛이나 백화점을 돌아다니며 옷을 쇼핑하고 고르는 일이 저에겐 스트레스로 작용합니다. 그 시간과 에너지를 다른 데 쏟아 붓고 싶습니다. 오히려 그 시간에 카페에 앉아 책을 읽는 것이 제 인생에 훨씬 도움이 된다고 생각합니다. 하지만 옷은 입어야 하고, 이왕이면 괜찮아 보이게 입어야 하죠. 그래서 선택한 것이 청바지와 후드티입니다. 나이에 비해 약간은 캐주얼해 보이고, 젊어 보이며, 어느 정도는 전문적으로 보이기도 하죠. (맞나요?) 벤처 기업이 등장하고 성공하면서 후드티에 대한 이미지가 좋아졌습니다. 게다가 전 작가니까 청바지에 후드티를 입어도 "저 사람은 왜 매일 청바지에 후드티만 입는 거지?" 하는 비아냥보다는 "청바지에 후드티를 입는 특별한 이유가 있는 건가요?"라는 질문을 받을 수도 있는 거죠.

1년에 한두 차례 마음 먹고 쇼핑을 합니다. 그래 봐야 백화점 1시간 가는 게 다지만, 어쨌든 저란 인간도 쇼핑이란 걸 합니다. 어슬렁어슬렁 돌아다니다가 마음에 드는 옷이 있으면 같은 것으로 여러 벌 삽니다. 청바지는 5벌, 티셔츠는 10장씩 쇼핑백에 담습니다. 후드티 역시 마음에 드는 게 보이면 고민하지 않고 바로 삽니다. 이것으로 1년 치 쇼핑 끝. 나이키 에어포스는 뒤축이 닳으면 온라인 쇼핑몰에서 5~6켤레씩 주문합니다. (오해 마시길. 격식이 필요한 자리에는 그 자리에 맞는 옷차림으로 간답니다. 코트도 있어요. 하하하.)

잠깐 후드티에 부연 설명을 하자면, 시끄러운 카페에서 작업할 때는 후드티가 집중도 등 여러 면에서 괜찮더라고요. 이어폰을 끼고 후드를 쓰면 시야가 어느 정도 가려지며 주위의 소란스러움에서 벗어날 수 있으니까요. 얼굴 마주치기 싫은 사람을 우연히 발견하면 슬그머니 후드를 눌러쓰기도 하고요.

단순한 것이 편하고, 편한 것이 집중도를 높입니다. 우리는 중요하지 않은 것들에게 시간을 뺏기고 있고, 그것들을 처리하느라 에너지를 소비하고 있습니다. 남들의 시선을 의식하느라 정작 중요한 자기 일을 하지 못하고 있는 것이죠. 남들은 제가 어떤 옷을 입는지 그다지 관심이 없어요. 저 역시 다른 사람의 옷차림에 신경 쓰지 않으니까요. 그러니까 저는 청바지에 후드티를 입습니다. 더 중요한 것에 집중하고 싶기 때문입니다.

필요한 건 퍼펙트게임이 아니라
높은 승률

결점이 많은 인간입니다. 저도 당신도.

살아오며 제게 결점이 많다는, 그것도 아주 많다는 것을 알게 됐습니다. 물론 그 결점들을 고치려고 많이 노력했죠. 하지만 잘 안 되더군요. 아무리 노력해도 고쳐지지 않는 끈질기고 단단한 결점들이 있더라고요.

그런데 살다 보니 많은 사람이 저와 똑같은 고민을 하고 있더군요. 외모, 학력, 성격, 말투, 재능 등 모두가 스스로 생각하는 결점 하나씩은 가지고 있고, 그것을 해결하기 위해 많은 고민과 노력을 하고 있었습니다.

〈라이프 라이크life like〉라는 영화가 있습니다. 제임스와 소피라는 두 주인공이 인공지능 로봇 헨리를 집에 데려오면서 생기는 일을 그리고 있습니다. 이 영화에는 "결점이 있어 인간이 될 수 있다"라는 대사가 나옵니다. 이 말을 곰곰이 생각해 보면 '결점이 있으니까 인간이다'가 아니라, '결점이 인간을 만든다'라는 뜻으로 이해가 됩니다. 결점이 '있기 때문에' 인간이라는 뜻이겠죠. 우리는 이미 알고 있습니다. 결점이 없고 실수를 하지 않으면 인간이 아니라는 것을요. 완벽한 인간은 존재하지 않습니다.

제가 일을 하며 깨닫게 된 건 결점을 인정하고 결점과 친하게 지낼수록, 결점은 우리를 도와주고 성장시킨다는 것입니다. 결점은 주머니 속에 넣어둔 송곳과 같습니다. 아무리 감추고 숨기려고 해도 어느 순간 주머니를 뚫고 나와 허벅지를 콱 찌릅니다. 남을 찌를 때도 있고요.

결점을 극복하는 방법을 여러 가지가 있습니다. 첫 번째 방법은 자신의 결점을 솔직하게 인정하고 드러내는 것입니다. 살다 보니 아무리 잘난 사람도 어딘가 허술하고 너덜너덜한 면이 반드시 있더라고요. 그런데 그들은 그 결점들을 아주 잘 감추고 살더군요. 저는 목소리가 작고 말이 좀 빠른 편입니다. 그래서 강의를 시작하기 전 항상 이렇게 말씀드립니다. "제가 목소리가 좀 작습니다. 부끄럼이 많고 내성적인 성격이다 보니 그렇게 된 것 같습니다. 조금 더 집중해서 들어주시면 고맙겠습니다." 이렇게 말하고 강의를 시작하니까 오히려 집중도가 높아지더군요.

결점은 숨기는 것이 아니라 장점으로 덮는 것입니다. 노력해도 고칠 수 없는, 어쩔 수 없는 결점은 결점인 채로 그냥 놔둡니다. 대신 제가 잘하는 것으로 커버합니다. "죄송합니다만 이런 부분은 제가 잘하지 못합니다. 하지만 이 부분은 제가 누구보다 잘 할 수 있습니다." 당신이 이렇게 말하는 순간 사람들은 당신을 더 자신감 넘치는 사람으로 볼 것이고 더 친근하게 대할 것입니다. 결점은 이처럼 우리에게 더 많은 동료와 친구를 만들 수 있도록 도와주기도 합니다.

자기가 약한 부분을 잘하는 사람에게 도움을 청하는 것도 결점을 이겨낼 수 있는 좋은 방법이겠죠. 어떤 분야에서 저보다 일을 잘하는 전문가는 많습니다. 직접 한 것보다 성과는 훨씬 좋을 것입니다.

결점은 우리가 새로운 시도를 할 수 있게 해주고 새로운 방법을 고안하게도 해줍니다. 새로 산 등산화가 마음에 안 든다고 산을 오르지 않는다면 영원히 그 산에는 오르지 못할 것입니다. 등산화를 바꾸든, 그 등산화를 신고 오를 수 있는 다른 산을 찾아보든 다른 시도를 해봐야 하지 않을까요.

결점을 인정합시다. 한 사람이 모든 걸 다 잘할 수는 없습니다. 우리는 이 명백한 사실을 잘 알고 있으면서도 혼자 하겠다고 고집을 부리다가 실수를 하고 일을 망치곤 합니다. 결국, 자신을 자책하게 되죠. 자책은 상당히 에너지를 소비하는 일입니다. 우리의 영혼을 갉아먹으며 피곤하게 합니다. 고집은 우리를 외톨이로 만들 뿐이고요.

당신이 여기까지 올 수 있었던 이유는 당신이 가진 장점이 뛰어났기 때문이 아니라, 당신이 용기 내어 결점을 인정하고 그것을 극복했기 때문입니다. 당신의 모든 결점에도 불구하고 여기까지 온 당신은, 자신을 충분히 자랑스러워하고 대단하게 여겨도 됩니다.

실수 역시 마찬가지입니다. 누구나 실수를 할 수 있습니다. 실수는 당신이 인간이라는 반증입니다. 저는 직업상 해외 취재를 자주 나가는 편입니다. 해외여행을 자주 가서 좋겠다고 많은 분이 부러워하시지만, 그냥 일을 하러 가는 것 그 이상도 그 이하도 아닙니다. 아무튼, 제가 말씀드리고 싶은 건 해외여행이 아닌 해외 '취재 여행'은 일정 내내 긴장하고 온몸의 감각을 곤두세워야 하는, 아주 피곤한 일이라는 겁니다. 바쁘게 다니며 인터뷰를 해야 하고 사진도 찍어야 합니다. 매체에서 의뢰한 사진도 만들어야 하지만 개인 작업을 위한 사진도 찍어야 하죠. 끊임없이 이동하며 사람들을 만나고, 주위를 살피고, 대상을 탐색하고, 피사체의 동선을 예상하고, 빛을 가늠합니다. 하루 일정을 마치고 호텔에 돌아오면 침대에 몸을 제대로 누이기도 힘들 정도로 지쳐 있습니다.

제가 해외 취재 여행에서 가장 조심하는 부분은 음식입니다. 배탈이라도 나면 일정을 진행할 수가 없기 때문입니다. 가수가 공연을 앞두고 성대의 컨디션을 최상의 상태로 유지하기 위해 말조차 아끼는 것과 같습니다. 이제는 나름 노하우가 생겨, 취재 여행지에서는 평소 음식 섭취량의 70퍼센트만 먹습니다. 부족한 열량은 비스킷이나 초콜릿, 콜라, 포카리스웨트 등 포장을 뜯거나 뚜껑을 열어야 먹을 수 있는 음식으로 대체합니다. 이 음식들이 가장 안전한 음식이기 때문이죠. 코로나 바이러스가 퍼지기 전에도 손 소독제는 항상 휴대하고 다녔습니다. 지금까지 취재 여행을 하며 한 번도 아프지 않고 병원을 찾지 않은 것은 이 때문이라고 생각합니다.

취재를 하러 갔을 때의 일입니다. 가기 어려운 곳이라 기대도 많이 했고 그만큼 긴장도 많이 했습니다. 상당히 기대한 출장이라, 저를 후원해 주는 카메라 제조사에서 새로 나온 카메라 바디와 렌즈를 받아서 갔습니다. 처음 써보는 바디와 렌즈였습니다. 여느 때 같았다면 첫날 찍은 사진을 노트북으로 옮겨 확인하며 렌즈의 이런저런 특성을 점검했을 텐데 일정이 너무 고되고 시간이 없어 그러질 못했습니다. 일정 마지막 날에야 약간 여유가 생겨 노트북에 다운로드한 사진을 열어 보았습니다. 몇 가지 실수가 있더군요. 그런데 더 큰 문제는 첫날의 실수가 마지막 날까지 고스란히 이어지고 있다는 것이었습니다. 첫날 체크했다면 그 실수를 바로잡고, 같은 실수를 반복하지 않았을 텐데 하는 생각이 들어 매우 아쉬웠고 스스로에게도 실망스러웠습니다.

잘하는 것도 중요하지만, 더 중요한 건 실수를 줄이는 것입니다. 우리가 하는 실수의 대부분은 1년 전에도 똑같이 했던 것입니다. 아마 며칠 전에도 똑같은 실수를 저질렀을지도 모릅니다. 실수에서 교훈을 뽑아낸다면 우리는 실수하기 전보다 더 앞으로 나아갈 수 있습니다. 나의 결점을 장점으로 커버한다면, 내가 부족한 부분을 다른 사람의 능력으로 대신한다면, 오늘 저지른 실수를 다음에 하지 않는다면 우리는 분명, 다음엔 더 좋은 게임을 만들 수 있을 것입니다.

우리에게 필요한 건 퍼펙트게임이 아니라 높은 승률입니다. 일은 그렇게 하는 것입니다.

당신이 여기까지 올 수 있었던 이유는 당신이 가진 장점이 뛰어났기 때문이 아니라, 당신이 용기 내어 결점을 인정하고 그것을 극복했기 때문입니다. 당신의 모든 결점에도 불구하고 여기까지 온 당신은, 자신을 충분히 자랑스러워하고 대단하게 여겨도 됩니다.

잘하는 것보다
더 중요한 것

일에는 클라이언트가 있고, 클라이언트가 결과물을 받기를 원하는 날짜가 있습니다. 작업자가 클라이언트에게 최종 결과물을 넘겨줘야 하는 날짜를 '마감'이라고 합니다. 클라이언트에게 7월 10일까지 일을 끝내기로 계약했다면, 하늘이 두 쪽이 나더라도 7월 10일까지 일을 끝내야 합니다. 그래서 마감이 영어로 데드라인deadline이죠. 무시무시한 말입니다.

일은 잘하는 것도 중요하지만, 더 중요한 것은 주어진 시간에 최선의 결과물을 만들어내는 것입니다. '시간이 조금만 더 있었더라면 더 잘할 수 있었을 텐데.' 이 말은 누구나 할 수 있습니다. 아무리 좋은 작품을 만들었다고 하더라도 정해진 기간에 마무리하지 못했다면 아무 의미가 없습니다. 우리에게 주어진 골을 넣을 수 있는 시간은 90분입니다. 90분의 경기가 끝나고 난 후에 넣은 골은 골이 아닙니다.

마감이 중요한 또 한 가지 이유는, 클라이언트가 마감 날짜를 기준으로 모든 계획을 세워두었기 때문입니다. 판매 시기, 마케팅 계획, 또 다른 작업자와의 협업co-work 등 작업자가 마감을 지키지 않는다면 이후의 모든 일정이 줄줄이 연기되거나 차질을 빚을 수도 있습니다.

그렇다면 주어진 시간에 일을 마치기 위해서는 어떻게 해야 할까요. 일단 일의 순서를 정해야 할 것입니다. 저는 1) 지금 해야 하는 일(급한 일) - 2) 미리 해두면 좋은 일 - 3) 하기 싫지만 언젠가는 해야 하는 일 - 4) 하고 싶은 일 순으로 합니다. To Do List에도 이렇게 구분되어 있습니다.

그래도 어느 것부터 해야 할지 모르겠다면 해야 하는 모든 일을 종이에 적어봅니다. 이 방법은 의외로 효과가 있습니다. 적는 과정에서 자연스럽게 일의 순위가 정해지고, 잊고 있던 일도 생각나 챙길 수 있습니다. 필요한 시간도 대략이나마 계산할 수 있죠.

야마구치 슈와 구스노키 겐이 쓴 『일을 잘한다는 것』에는 "프로에게는 무얼 하느냐보다는, 일하는 순서와 업무 시퀀

스가 중요하다"라는 말이 나옵니다. "이것이 똑같은 일을 해도, 일 사이에 논리와 순서가 있는 사람이 그렇지 않은 사람보다 일하는 속도가 빠른 이유"라고 그들은 설명합니다.

책은 다음의 예를 들고 있습니다. "IBM은 1990년대 애플과 마이크로소프트 등 경쟁업체들에 밀려 심각한 경영난에 처했는데, 위기의 IBM을 구하기 위해 1993년 루이스 거스트너Louis V. Gerstner가 회장으로 취임합니다. 그는 재건 계획을 발표하는 기자회견에서 '공장 폐쇄, 직원 감축, 제품 가격 인상' 이렇게 3가지를 말합니다. 그러자 어느 기자가 IBM의 새로운 비전은 없느냐고 물었는데, 거스트너는 이렇게 대답합니다. 'IBM은 지금 집중치료실에 누워 있는 중환자입니다. 이를 살리기 위해서는 모든 것이 필요한 상황이죠. 하지만 필요 없는 유일한 한 가지가 바로, 비전입니다.' 어떻게 보면 아주 흔한 대책일 수 있는 구조조정 방안이었음에도 불구하고, 거스트너의 혁신이 대단했던 이유는 그가 보여준 일하는 순서에 있었습니다. 거스트너는 3개월 후면 현금이 바닥이 나는 위기 단계에서는 '비전'을 말하고, 인재를 육성해 봐야 소용이 없다는 것을 알았던 것이죠."

거스트너에게 '1) 지금 해야 하는 일(급한 일)'은 일단 IBM을 살려놓고 보는 일이었을 것입니다. 우리에게 지금 당장 해

성숙해지는 나

야 하는 급한 일은 클라이언트가 원하는 일이겠죠. 여러분이 직장에 다니고 있다면 그 일은 뭘까요. 아마도 여러분의 보스 (혹은 팀장)가 여러분에게 시킨 일일 것입니다. 모든 일의 일정은 클라이언트에게, 보스에게 맞춰야 합니다. 내게 급한 일은 급한 일이 아닙니다. 클라이언트, 보스, 팀장에게 급한 일이 급한 일이죠.

마감을 어기는 것보다 더 끔찍한 일은 펑크를 내는 것입니다. 작가들은 간혹 '잠수'를 타곤 하는데 이는 절대로 하지 말아야 합니다. 그동안 만들어 온 신뢰가 산산조각이 나고 눈처럼 녹아내릴 것입니다. 클라이언트는 그에게 두 번 다시 일을 맡기지 않을지도 모릅니다. 우리는 모두 연결되어 있고 그만큼 소문은 빠르게 퍼집니다. 모든 클라이언트는 일을 맡기기 전에 평판을 수집합니다. 나 말고도 대체 가능한 사람은 얼마든지 있다는 사실을 알아야 합니다.

펑크를 내지 않으려면 어떻게 해야 할까요. 저는 '감'을 조금 믿는 편입니다. 일을 오래 하다 보면 감이라는 것이 생기는데요, '이 일을 맡으면 왠지 엄청나게 스트레스를 받을 것 같아' 하고 느낌이 오는 일이 있습니다. 사람들은 이걸 그냥 '감이 안 좋다'라고 치부해 버리지만, 저는 이것이 그동안 일을 하며 쌓아둔 뇌의 빅 데이터가 가동하는 것이라고 생각합니다. 뭔가 감이 안 좋은 일은 클라이언트와의 관계 등을 고려해 꼭 해야 하는 일이 아니라면, 정중하게 거절하는 편입니다.

무리해서 일을 계약하지 않는 것도 마감을 지키고 펑크를 내지 않는 방법입니다. 소탐대실小貪大失이라는 말이 있죠. 작은 것을 취하려다 큰 것을 잃어버리는 걸 말하죠. 일을 시작하는 단계에 있는 사람이라면 이 소탐대실의 함정에 빠지지 않도록 주의해야 합니다. 일 욕심과 미래에 대한 막연한 불안감에 이것저것 일을 받다 보면 하나도 제대로 못 하는 경우가 있습니다. 당연히 마감 날짜를 어기는 경우도 생기고요. 욕심을 내보는 것도 좋지만 냉정한 판단과 자기 절제도 필요합니다. '물 들어올 때 노 저어라'라는 말은 어쩌면 어느 정도 궤도에 오른 작가에게 필요한 말인지도 모르겠습니다.

제 원칙은 '마감일의 80퍼센트 지점에 일의 80퍼센트를 완성해 둔다'입니다. 어떤 일에 10일의 시간이 주어졌다면, 적어도 8일째 되는 날에는 원고의 80퍼센트는 완성이 되어 있어야 합니다. 80퍼센트는 제가 설정한 완성도의 최저선인데, 급한 경우에는 만족스럽지는 않지만 그대로 넘겨도 이상 없을 정도의 퀄리티를 말합니다. 남은 시간에는 나머지 20퍼센트를 디벨롭develop합니다. 처음에는 어렵지만 이렇게 일하

성숙해지는 나

는 습관을 들이다 보면 나중에 편해집니다.

다시 한 번 말씀드리지만, 가장 중요한 것은 마감입니다. 마감을 넘긴 일은 아무리 잘해도 소용이 없습니다.

'해야 할 일'을 해야 할 때 '하고 싶은 일'을 하는 사람은 무능한 사람입니다.

거절해야 할 때 거절하는
거절의 기술

사이좋게 지낸다는 것, 정말 힘든 일입니다. 살아오면서 제일 힘든 일을 꼽으라면 아마 이것이 아닐까 싶을 정도니까요. 지금까지 친구, 동료, 선후배 등 제가 만난 수많은 이들과 불화하면서 인생을 지나왔습니다. 음, 굳이 사람만이 아니군요. 키우던 선인장과도 사이좋게 지내지 못했네요. 오랜 여행에서 돌아와 내다 버린 화분이 수십 개는 되는 것 같습니다. 다행히 아직 고양이나 개와는 불화하지 않았습니다만, 이는 단지 함께 산 적이 없기 때문인 것 같습니다.

성숙해지는 나

일에도 인생에도 적당한 거리가 필요합니다

다행히 요즘은 세상과 별다른 불화 없이 지내고 있습니다. 여기에는 여러 가지 이유가 있을 것이지만 가장 큰 이유를 꼽으라면, 포기해야 할 건 깨끗하게 포기했기 때문이 아닐까 하고 생각합니다. 지금까지 제가 가질 수 없었던 것들은 앞으로도 가질 수 없는 것들이라고 여기기로 했거든요. 만약 가지게 된다면 그건 운이 좋았기 때문이라고 생각하기로 했더니 마음에 그나마 몇 평의 여유가 생겼습니다. (그래도 할리 데이비슨은 가지고 싶습니다.)

우리는 각자 '고독하면서도 개별적인 선인장'이라고 생각합니다. 가까워지려면 서로의 가시에 찔리는 아픔을 감수해야 하죠. 선인장의 가시는 잎이 변해서 만들어졌다고 하는데, 이는 사막이라는 척박한 환경에서 살아남기 위한 방편이었다고 합니다. 넓은 잎으로는 수분 증발을 막을 수 없었던 모양입니다.

사막 같은 현실에서 살다 보니 우리도 점점 선인장이 되어가고 있는 것 같습니다. 어릴 적, 환한 햇살을 듬뿍 받아들이던 넓은 잎들은 나이가 들고 사회생활을 하면서 어느새 뾰족한 가시로 변해버렸습니다. 안타깝고 슬픈 일이죠. 그래서일까요, 상처받을까 싶어 가까이 가기가 두렵고 가까이 오는 사람도 조심스럽게 대하게 됩니다.

솔직히 말하면, 적당히 떨어져 있는 게 더 나은 것 같습니다. 제 경우엔 그렇습니다. 저보고 냉정한 사람이라고 말한다고 해도 어쩔 수 없습니다. 편한 건 편한 거니까요. 처음 만나는 자리에서 무턱대고 나이를 묻고서는 형, 동생 하자는 사람은 좀 불편합니다. 그런 사람들에게 실망했던 적이 많았습니다. 물론 그들도 제가 흡족하지는 않았겠죠. '특별한 관계'를 원했던 그들에 비해 전 '보편적인 관계'를 유지하고 싶었거든요.

이기적이라는 비난도 많이 받았습니다. 물론 지금도 그들이 왜 저를 비난했는지 이해 못하고 있지만 마음에 두고 있지는 않습니다. 지나간 일은 지나간 일일뿐이니까요. 아무튼 '타인의 인생에는 적당한 거리를 두고 가급적 관여하지 말자'가 그동안 살면서 터득한 노하우 가운데 하나입니다.

적당히 떨어져 있을 때 우리는 서로를 더 아름답게 바라볼 수 있고, 서로를 더 존중할 수 있고, 서로에게 조금 더 너그러워질 수 있는 것 같습니다.

마흔 살이 되던 해였죠. 몸도 마음도 많이 아팠습니다. 서른 살이 되던 때는 눈코 뜰 새 없이 바빴던 탓일까요, 별다른 아픔 없이 넘어갔습니다만 마흔 살은 그렇지 않더군요. '잘 살고 있는 걸까' 하는 의심과 '이게 사는 걸까' 하는 회의와 '이번 생은 망했어' 하는 절망과 '되는 일이 하나도 없군' 하는 짜증이 해일처럼 한꺼번에 밀어닥쳤습니다. 하루하루가 물에 젖은 소금 가마니를 짊어진 나귀처럼 힘겹게 느껴졌습니다.

고민에 고민을 거듭하다 찾아낸 해결책은 단념할 건 단념하자는 것이었습니다. 바뀌지 않는 것은 바뀌지 않고, 어쩔 수 없는 일은 어쩔 수 없습니다. 24세 전에 입지 않던 옷을 이후에도 안 입게 될 확률 95퍼센트, 36세 전에 먹지 않던 음식을 이후에도 안 먹을 확률 95퍼센트, 40세 전에 듣지 않았던 음악을 이후에 안 듣게 될 확률 95퍼센트라고 하더군요. 인간이란 이토록 일관성이 있습니다. 시간이 아무리 흐른다고 해도 바뀌지 않는 것은 바뀌지 않습니다.

사소한 것들은 그냥 흘러가는 대로 내버려 둡니다. 크게 마음에 두지 않습니다. 즐거운 일이 생기기보다는 힘든 일이 생겨나질 않기를 바랍니다. 예전에는 그 사람을 기쁘게 해주고 싶었지만 이제는 그 사람을 화나게 하지 않으려고 노력합니다. 도전, 모험, 열정 같은 단어보다는 신중, 배려, 연민 같은 단어가 훨씬 더 매력적으로 다가옵니다. 간혹 30대로 다시 돌아가고 싶지 않느냐는 질문을 받곤 하는데 아이쿠, 그럴 생각은 단 1그램도 없습니다. 지금이 훨씬 나아요. 좌충우돌의 그 시절, 타인에게 상처를 내고서는 그 상처를 바라보며 의기양 양해하던 철없던 그 시절로 절대로 돌아가고 싶지 않습니다. 굳이 누군가를 설득하고 싶은 생각도 없습니다.

거절이 곧 배려입니다

불화하지 않기 위해서는 거절을 해야 한다는 것도 배웠습니다. 명확한 거절이 우리를 사이좋게 지내게 하더라고요. 가끔 후회가 됩니다. 그때 명확하게 거절했더라면 걱정의 낮과 불면의 밤을 보내지 않아도 됐을 텐데요. 우리 사이가 틀어지지 않았을 텐데요.

약속을 어기는 것보다 거절하는 것이 훨씬 낫다고 생각합니다. 대신 거절의 태도는 확실하고 단호해야 하며 또한 정중해야겠죠. 우물쭈물하면 상대방은 혹시나 하는 기대를 가지게 되고 미련을 못 버립니다. 정중하게 거절하도록 합시다. 그래야 상대방도 새로운 방법을 찾을 수 있을 테니까요. 거절이 곧 배려입니다.

주위에 거절을 잘 못 하는 사람이 있습니다. 저 역시 그랬습니다. '그때 거절했어야 했어' 하고 후회하며 전전긍긍한 날이 하루 이틀이 아니었습니다. 아, 제가 할 수 없는 일입니다 하고 딱 잘라 말했어야 했어!

거절을 못해 인생이 20퍼센트는 더 피곤해진 것 같습니다. 누군가 곤란한 부탁을 해오면 "아, 네네" 하고 얼버무립니다. 이건 거절해야 하는 일인데 하는 생각이 들지만, 단호하게 거절하지 못하는 건 아마 습관인 것 같습니다. 곧 후회하지만 때는 늦었죠. 상대방은 이미 부탁을 승낙한 것으로 받아들이고 난 후죠.

며칠 동안 끙끙 앓다가 용기를 내어 조심스럽게 이야기합니다. "죄송하지만 그 일은 하기가 좀 어려울 것 같습니다. 일찍 말씀드리지 못해 죄송합니다." 상대방은 난감해 하죠. "제가 부탁드렸을 때 진작 말해주셨다면 좋았을 텐데요. 저도 좀 난처하네요. 어쨌든 알겠습니다." 제가 잘못한 것도 아닌데 왜 제가 이토록 미안해하고 있을까요.

거절을 못 하는 사람들 대부분이 갈등을 만드는 것을 두려워하고 착하다는 말을 듣고 싶어 하는 것 같습니다. 이들은 가끔 연락이 되지 않아 피해를 주는 경우도 있죠. 그러다 보니 사이가 멀어지더군요. 거절을 못 해 오히려 서먹서먹해진 관계가 많습니다.

빠르고, 명쾌하고, 정중한 거절은 상대방을 위하는 행동입니다. 내가 거절을 했다면 상대방은 조금 더 일찍 대안을 알아보고 찾았을 것입니다. 이런 습관이 만들어지게 된 건 타고난 성격 탓도 있겠지만, 프리 워커로 처음 시작했을 때의 불안함에서 비롯된 것도 어느 정도는 있을 것이라 생각합니다.

일을 처음 시작했을 때는 일이 언제 끊길지 모른다는 불안감에 시달립니다. 지금 하고 있는 일을 언제까지 계속할 수 있을지 예상할 수가 없죠. 가격 협상에도 서툴다 보니, 불리한 제안을 거절하지 못하고 들어오는 대로 일을 하게 됩니다. 일을 처음 시작할 때는 일단 일을 하는 것이 가장 중요하다고 생각을 하니까 그렇겠죠. 클라이언트를 고르지 못하고 일이 들어오는 대로 무작정 하다 보니, 수입은 적고 일은 힘든 나날을 무한반복하게 됩니다.

그래도 어울리지 않는 일은 거절하라고 조언하고 싶습니다. 자신의 위치를 정확하게 파악하고 신중하게 선택해야 하는데 그게 잘 안 되는 것도 사실이죠. 걷기도 전에 뛰어서는 안 되는 법이지만, 일단 처음에는 달리고 보는 법이니까요. 어느 정도 경험이 쌓이고 인정을 받게 되더라도 이 불안감은 쉽게 사라지지 않습니다. 내가 상대방의 제안을 거절한다면 상대방이 불쾌해하지 않을까, 더 나아가 혹시 나를 작업자 리스트에서 빼지 않을까 하는 걱정이 앞서죠. 이런 걱정과 불안 때문에 클라이언트에게 확답을 자기도 모르게 조금씩 미루게 되고, 그게 습관이 되는 것입니다.

거절하기가 어려운 또 한 가지 이유는, 어떤 이의 부탁을 거절하면 그 사람 자체를 거부하고 싫어하는 것처럼 보인다고 여기기 때문입니다. 하지만 우리는 단지 일을 거절하는 것이라는 사실을 알아둡시다. 거절의 태도가 명확하고 정중해야 한다는 것도 이런 오해를 불러일으키지 않기 위해서입니다.

그렇다고 모든 거절에 정중할 필요는 없습니다. 형편없고 무례한 제안을 하는 사람, 인사와 소개도 없이 다짜고짜 이메일 한 통 덜렁 보내고 마는 사람에게 우리의 소중한 시간을 낭비해야 할 필요가 있을까요. 저는 그냥 무시하는 게 낫다고 생각합니다.

얼마 전, 어느 잡지의 에디터에게서 이메일 한 통을 받았습니다. 바닷가 도시의 인상에 대해 짤막한 코멘트를 부탁한다는 내용이었습니다. 분명 '짤막한 코멘트'라고 했는데 이메일에 첨부된 공문에는 무려 10줄을 써달라고 적혀 있었습니다. 이건 에디터가 제게 전화를 해서 코멘트를 따야 하는 일이죠. 그 에디터는 일을 편하기 하기 위해 제게 이메일로 코멘트를 '써 달라고' 요청한 것입니다. 그대로 긁어 쓰기 위해서죠.

이런 부탁은 업무적으로나 개인적으로 어느 정도 친분이 있는 사이끼리 하는 것입니다. 그리고 그런 사이라도 이메일을 보낸 후 전화를 하거나 문자 한 통쯤은 보내고요. 게다가 첨부한 공문도 다른 사람 앞으로 보내는 것이더군요. 이런 무례한 이메일까지 답장을 할 필요는 없겠죠.

우리가 거절당할 수도 있습니다. 저도 편집자로 일하며 투고 원고를 많이 받습니다. 90퍼센트 이상은 출판이 어려운 원고입니다. 매일매일 거절의 이메일을 쓰고 있습니다. 저 역시 책을 내기 전 많은 거절을 당했습니다. 지금도 저의 제안은 여러 곳에서 거절당하고 있습니다. 뭐, 실망은 하지만 절망하지는 않습니다. 새로운 시도는 거절에서 시작되니까요. 거절도 완성으로 가는 과정이라는 것을 아니까요. 이걸 깨닫고 나니 거절을 당하는 것에 대한 두려움이 약간은 사라졌습니다.

우리의 작업이 망하는 것도, 제안이 거절당하는 것도 우리가 겪어야 할 일과 삶의 일부입니다. 우리에게 필요한 건 거절당해도 계속해 나갈 수 있는 용기죠. 『해리 포터』의 작가 J.K 롤링Joan K. Rowling은 책을 내기 전 출판사에서 열두 번 거절당했습니다. 아이들이 읽기에는 너무 길다는 이유였죠. 열

성숙해지는 나

세 번째로 찾아간 작은 출판사 블룸즈베리에서 『해리 포터』 1권을 500부를 찍어 출판하게 됐는데, 결과는 다 아실 겁니다. 『해리 포터』 시리즈는 전 세계 60개 언어로 번역·출간돼 롤링에게 10억 달러(1조 원) 수입을 안겨줬습니다. 롤링은 이렇게 묻습니다. "꿈을 이야기하는 사람보다는, 실패하더라도 그 꿈을 실제로 행동하는 사람이 되고 싶지 않아요?"

'선인장처럼' 사이좋게 지냅시다

우리는 원하는 일을 할 때보다, 하기 싫은 일을 하지 않을 때 더 행복해질 수 있다는 것을 알고 있습니다. 우리가 원하는 삶은 거절해야 할 것을 거절할 때 비로소 만들어집니다. 다음은 나름 터득한 '거절의 기술'입니다. 어렵지 않습니다.

첫 번째는 스케줄 핑계를 대는 것입니다. "지금 당장은 어렵고요, 두 달 뒤면 일을 할 수 있습니다" 하고 거절합니다. 상대방 대부분은 "아, 아쉽네요. 다음에 연락드리겠습니다" 하고 순순히 물러납니다. 물론 거절당했다고 기분 나빠하지도 않습니다. 스케줄이 안 맞는 건 어쩔 수 없는 일이니까요.

두 번째 방법은 이메일을 쓰는 것입니다. 내키지 않거나 자신이 없는 일이 들어오면 일단 생각해 본 후, 이메일로 답을 드리겠다고 말합니다. 아무래도 전화보다 이메일이 거절하기가 쉽고 편하죠. 이메일은 최대한 정중한 문장으로 예의를 갖추어 작성합니다.

세 번째 방법은 비용을 높게 부르는 것입니다. 터무니없는 낮은 금액을 제시한 클라이언트에게는 정중하게 "적어도 이 금액은 되어야 일을 할 수 있습니다" 하고 이야기합니다. 내키지 않는 일을 어쩔 수 맡아야 하는 상황이라면 금액을 높게 부릅니다. 하기 싫은 일을 하는데 돈이라도 많이 받아야 하지 않을까요.

이야기가 길어졌는데, 결론은 '클라이언트와 좋은 관계를 유지하려면 거절을 잘해야 한다'입니다. 세상엔 말이 통하지 않는 클라이언트가 많지만, 합리적인 사고를 가진 클라이언트가 더 많습니다. 우리가 정중하고 정확하게 거절할 이유를 밝힌다면 그는 오히려 우리를 더 신뢰할 것입니다. 거절은 우리가 가진 것을 잃어버리지 않기 위한 방법이고 다시 시작하기 위한 출발점입니다. 못해도 사는 데는 지장이 없지만 잘하면 사는 게 훨씬 편해지는 게 몇 가지 있습니다. 운전과 글쓰기, 그리고 부탁과 거절입니다.

또 한 가지 말하고 싶은 건 쉽게 양보하지 말라는 것입니다. 양보는 명분이 있을 때만 해야 하고 양보할 때는 항상 그 이유를 밝혀야 합니다. 나에게 양보받은 사람은 왜 양보받았는지조차 알지 못할 수도 있습니다. 자신의 능력인 줄 알고 함부로 대하고 나중에도 당당하게 요구하는 경우도 있죠.

적당히 떨어져 서로를 바라보고, 억지로 이해시키려 하지 않고, 거절해야 할 땐 거절하고 살다 보니, 그럭저럭 세상과 불화하지 않고 살고 있습니다. 이 모든 교훈이 여행에서 배운 것들입니다. 오랜 여행 끝에 모든 것은 지나가게 마련이고, 우리는 언제나 떠나야 할 존재이며, 살아보니 거창한 건 별로 없다는 걸 알게 됐거든요. 밥 먹고 술 마시고 수다 떨고 영화 보고 산책하고…… 그렇게 우리는 하루하루를 살아가고 있더군요.

우리 '선인장처럼' 사이좋게 지냅시다.

지금보다 더
말해야 한다

어제 레터에 조금 덧붙여, '분명하게 말해야 의견이 된다'는 것도 말하고 싶습니다. 우리는 자주 고민합니다. 하고 싶은 말을 해야 할 것인가, 아니면 잠자코 있어야 할 것인가. 자신에 관한 것이라면 말하는 게 맞습니다. "이렇게 하는 게 좋겠습니다." "죄송하지만 이건 아닌 것 같습니다." 말하지 않으면 모르니까요. 사랑하는 사람도 말을 안 해주면 사랑한다는 사실을 모르는데, 일을 하는 데는 오죽할까요.

친구 중에 '알아서'를 입에 달고 사는 친구가 있습니다. "뭐 먹으러 갈까?" "알아서." "어디 갈까?" "아무 데나. 네가 알아서 괜찮은 곳으로." 시간이 지날수록 지치게 되더군요. 언제부터인가 그 친구의 대답이 너무 성의 없게 느껴졌고, 억지로

성숙해지는 나

만나는 듯한 느낌이 들었습니다. 저 역시 그렇게 행동하지 않았나 돌아보게 됐습니다. "오늘은 조용한 카페가 가고 싶어." "난 파스타가 먹고 싶은데." 아프다, 어렵다, 슬프다, 외롭다. 상대방이 이렇게 말해줄 때 우리는 대처를 할 수 있고, 대안을 생각해 낼 수 있고, 행동과 말을 '처방'할 수 있지 않을까요. 일을 하는 데서도 마찬가지일 것입니다. 의견을 말해야 의도를 알 수 있고, 논의하고 협의하고 협상할 수 있을 것입니다. 이걸 커뮤니케이션communication이라고 하죠. 워런 버핏Warren Buffett은 성공하고 싶다면 가장 먼저 커뮤니케이션 스킬에 투자하라고 했습니다. "서면과 대면으로 상대방과 더 잘 소통하는 법을 배운다면 최소 50퍼센트 이상 더 능력을 향상시킬 수 있을 것이다."

　침묵은 우리를 상상하게 합니다. 내 제안이 마음에 들지 않는 것일까, 내가 뭔가 잘못한 게 아닐까, 나한테 화난 게 있을까. 그런데 문제는 이 상상의 대부분이 부정적인 방향으로 향한다는 것이죠. 우리가 말을 하는 이유는 서로를 잘 이해하기 위해서입니다. 말하지 않아도 내 마음을 알아줄 상대는 없습니다. 지금 말하지 않으면 우리는 영원히 말하지 못하고 서로를 영원히 오해하게 될지도 모릅니다.

　일을 처음 시작했을 때는 묵묵히 일하는 게 어느 정도 통합니다. 내가 하는 일을 그도 파악하고 있으며 성과를 내면 그들도 알아차립니다. 하지만 어느 정도 경력이 쌓인 시니어라면 그들이 내 일에 대해 제대로 모를 수도 있습니다. 결국 내가 직접 말하고 설명하는 수밖에 없죠.

말을 한다는 건 내가 가진 정보를 클라이언트에게 제공해 주는 일이기도 합니다. 이는 상대방이 좋은 의사결정을 하도록 돕는 것이죠. 여러 사람과 협업을 할 때 효과적으로 성과를 내기 위해서는 내가 잘하는 분야를 맡는 것이 좋습니다. 그러기 위해서는 내가 가진 장점이 무엇이고, 내가 잘할 수 있는 것이 무엇인지를 클라이언트에게 분명하게 밝혀야 합니다. 물론 내가 못하는 건 못한다고 말해야 하고요. 어설픈 자존심이 일을 망치게 하고 자기 자신을 무능력한 사람으로 만듭니다. 묵묵히 자기 일을 해 내가는 것도 좋지만, 중요한 것은 '해야 할 말을 하는 것'입니다.

칭찬을 할 때도, 사과를 할 때도, 고맙다는 인사를 할 때도 말은 명료할수록 좋습니다. 당신이 명료하게 말할 때, 당신의 말은 '의견'이 될 것이고, 사람들은 당신의 말을 경청할 것입니다.

그리고 상당히 어려운 일이지만, 말해야 할 것 이상 말하지 않기. 마지막 한마디는 하지 않고 꾹 눌러 삼키기.

말하지 않아도 내 마음을 알아줄 상대는 없습니다. 지금 말하지 않으면 우리는 영원히 말하지 못하고 서로를 영원히 오해하게 될지도 모릅니다.

살아가는 데는
기대보다 각오

제 인생의 대부분은 출장과 마감으로 이루어져 있습니다. 비행기에서, 기차에서, 낯선 호텔 방에서, 카페에서 원고를 마감했습니다.

오랜 시간 동안 제가 여행을 이어오며, 글을 계속 쓰고 살아올 수 있었던 이유는 크게 세 가지로 정리할 수 있을 것 같습니다. 첫째, 제가 좀 무심한 편입니다. 남의 인생에 관심이 없고, 남들이 저에 대해 뭐라고 하든 크게 신경을 쓰지 않는 스타일입니다. 둘째, 꼭 지켜야 할 2퍼센트의 본질은 잃지 않으려고 합니다. 대중적인 글을 쓰려고 하지만 끝까지 지켜야 할 건 지킵니다. 셋째, '비관이라는 현미경'과 '낙관이라는 망원경'을 양손에 쥐고 살아가기 때문인 것 같습니다. 오늘부터

성숙해지는 나

는 여기에 대해 이야기해 보도록 하겠습니다.

누구나 그렇겠지만, 저 역시 일을 잘하려고 부단히 노력하는 편입니다. 하지만 인생에는 조금 관대합니다. 살아보니 인생이라는 게 절대 만만한 게 아니더라고요. 한 번도 제가 계획한 대로 굴러간 적이 없었습니다. 인생은 언제나 저보다 한 수 위고 늘 한 발 앞서가더군요. 이런 말이 생각나는군요. '인간은 계획하고 신은 비웃는다.' 인간이 결정할 수 있는 문제는 고작 식당 메뉴 정도가 아닐까 하고 생각합니다. 하지만 메뉴판을 펼치는 순간 처음 주문하려고 했던 메뉴를 잊어버리는 게 또 인간이죠. 원래 먹으려던 음식 말고 엉뚱한 걸 주문하게 되잖아요. 이토록 허약한 우리가 인생을 상대로 뭘 할 수 있겠습니까. 그래서 대충대충, 슬렁슬렁 살아가려고 합니다. 그러려니 하고 넘기는 일도 많고요. 큰 방향만 정해놓고 갑니다.

사람에 대해서는 다소 무심한 편입니다. 편하게 살려고 그러는 것입니다. 일하는 데서 받는 스트레스도 많은데, 사람에게서까지 스트레스받기는 싫습니다. 그동안 일을 하며 고개를 절레절레 흔들게 하는 사람과 많이 만났습니다. 물론 저를 보고 누군가는 고개를 절레절레 흔들었겠죠. 그들이 조언과 충고랍시고 제게 지적질과 꼰대질을 해댔듯이, 저 역시 누군가에게 그렇게 했을 겁니다. 인정합니다. 그래서 무심하려고 하는 겁니다. 사람에 대한 감정을 마음에 담아두지 않으려 하는 것이고요. 나이가 들다 보니 불필요한 감정은 서랍에 넣어두거나 다른 감정으로 바꿀 줄도 알게 됐습니다. 슬픔과 실망은 안 보이는 곳에 넣어두고, 화는 포기로 바꾸는 식이죠. 아마도 그것을 연륜이라고 부를 수 있지 않을까요.

살아가는 데는 기대보다는 각오입니다. 인생을 더 편하게 살 수 있는 방법입니다. 저라는 인간에게도 기대를 하기 보다는 각오를 가져 주시길 부탁드립니다.

제가 다른 사람에게 관심이 없는 것처럼, 다른 사람 역시 제게 관심이 없습니다. 우리는 타인의 불행을 1분 이상 걱정해주지 못합니다. 여행을 하며 알게 됐죠. 주홍빛으로 물드는 터키 카파도키아의 새벽을 열기구를 타고 날아올랐을 때, 이집트 사막에 서 있는 피라미드의 불가사의함과 마주했을 때, 브라질 이구아수 폭포의 장엄한 소리가 귀를 울릴 때 저는 감동하고 전율했습니다. 하지만 그 감정은 결코 오래가지 않더군요. 그때 알게 됐죠. 우리 바깥의 그 어떤 경이와 장엄도 우리가 지금 마시고 싶어 하는 커피 한 잔보다 간절하지 않다는 것을요. 우리는 서로에게 관심이 있는 척할 뿐이더군요. 어느 통계에 따르면, 10명의 사람 중에 2명은 나를 미워하고 1명은 나를 좋아한다고 하더군요. 그리고 7명은 내게 관심이 없다고 합니다.

어떤 사람에게 화가 난다면 그 사람이 내 인생에서 정말 필요하고, 의미 있고, 중요한 사람인지 다시 한 번 생각해봅니다. 대부분은 아니더군요. 자기 인생에 아무 의미 없는 사람에게 인정받고 사랑받기 위해 노력하는 것만큼 헛된 수고는 없을 것입니다. 그냥 무시하는 게 낫습니다.

일을 해오며, 편견 어린 시선을 많이 받아왔고 차별 또한 수없이 겪었습니다. 이를 극복하는 가장 쉬운 해결 방법 중 하나는 그들을 완벽하게 무시해버리는 것이라는 걸 알았지만, 그게 또 쉬운 일은 아니어서 몸과 마음을 떨며 잠 못 이룬 밤이 많았습니다. '무시해 버리자'라고 수없이 되뇌었지만, 마음 밑바닥에는 분노와 억울함이 난파된 배처럼 남아 있었죠. 그래도 연습하니까 되더라고요. 이제는 물티슈로 책상의 먼지를 닦으며 '아직 철이 덜 들어서 그래' 하고 생각하고 맙니다. 그 사람이 제 인생에 아무런 영향을 끼치지 못한다는 것을 알고 있으니까요.

남에게 신경 쓸 시간에 밥을 잘 챙겨 먹고 콘텐츠를 만드는 데 집중합시다. 아니면 넷플릭스를 보던가요. 그 사람이 저를 비난하는 스피커를 튼대도 별로 신경 쓰지 않습니다. 경험상 이미 모두가 그 사람에 대해 알고 있고, 곧 알게 될 테니까요. 저는 할 일이 많고 그런 인간에게 신경 쓰기엔 시간이 아깝습니다. 제가 좋아하는 만화가 마스다 미리가 이렇게 말했습니다.

- 사람은 모든 질문에 대답하지 않아도 된단다. 모든 것에 대답하려고 하면 어떻게 되는 알아?
- 어떻게 되는데?
- 잃어버린단다. 자기 자신을.

아니라고 생각한 사람에게서는 앞뒤 볼 것 없이 도망칩니다. 우리는 한 달 뒤면 깨끗하게 잊어버리게 될 걱정과 슬픔에 대처하느라 소중한 시간을 낭비하고 있습니다. 그러기엔 인생이 너무나 짧습니다.

일도, 사람도 오고 갑니다.
웃읍시다. 아무도 우리가 눈물로 보낸 불면의 밤에 관심을 두지 않으니까요.

나에겐 나만의 일과
삶이 있을 뿐

가끔 영화 〈아마데우스〉의 살리에리Antonio Salieri를 떠올립니다. 영화에서 그는 질투의 화신으로 그려집니다. 부와 명예, 모든 것을 갖춘 살리에리는 음악적 재능에서도 최고가 되고 싶은 마음에, 자신보다 더 뛰어난 재주를 가진 모차르트를 시기하고 질투하면서, 모든 인생을 모차르트를 모략하는 데 사용합니다. 그래서 그는 결국 불행할 수밖에 없는 인물로 그려집니다.

영화를 보면서 이런 생각을 해보았습니다. 살리에리가 좀 쿨했더라면 어땠을까. 와, 모차르트 쟤 정말 천잰데. 멋져! 하고 짝짝짝 손뼉을 쳤더라면 그의 인생은 훨씬 더 평화롭고 즐겁고 풍성하지 않았을까. 모차르트가 등장하기 전, 그 역시 뛰어난 음악가로 대접받으며 왕실의 음악가로 명성은 명성대로 누렸으니 분명 돈도 부족함이 없었을 것입니다. 저라면 모차르트를 축하해 주며 명예롭게 은퇴한 후, 여유롭고 한가한 삶을 살았을 것 같습니다만.

일을 하다 보면 우리는 끝없이 누군가와 비교당하고 또 자신을 누군가와 비교합니다. 저 역시 그렇게 살아왔습니다. 잘나가는 작가를 보며 밤새 잠 못 이루기도 했고, 저보다 못나가는 작가를 보며 우쭐해 하기도 했습니다. 그런데 시간이 지나고 세월이 흘러 여기까지 와보니, 그게 사실은 아무것도 아니라는 걸 알게 됐습니다. 그들에겐 그들의 일과 삶이 있었고, 저에겐 저의 일과 삶이 있었을 뿐이었습니다. 저는 제 일을 하며 즐거웠고, 만족감을 느꼈으며, 때로는 슬펐고 때로는 기뻤습니다.

우리는 모두 각자의 '형태와 내용'으로 살아갑니다. 저마다의 가치관과 세계관을 바탕으로 비전을 만들고 계획을 세우며, 하루를 보내고 1달, 1년 그리고 평생을 살아갑니다. 모두 비슷한 것 같지만, 저마다 다릅니다. 그러니까 남과 비교해 봐야 소용없는 일이고 스트레스만 쌓일 뿐입니다. 자존감을 가지고 나로서 살아가야 합니다. 그래야만 나다운, 나만의 작품을 만들 수 있을 테니까요.

지금 힘들다면, 일이 잘 풀리지 않는다면, 남보다 뒤처지고 있는 것 같다면, '지금은 때가 아니야. 운이 안 좋을 뿐이야'라고 생각하며 잠시 쉬어갑시다. 잘할 것이라는 믿음이 있고, 자신의 힘으로 수평선 너머 보이는 섬까지 헤엄쳐 가겠다는 신념만 있다면, 우리는 누구나 '대체 불가능한 존재'가 될 수 있을 것입니다.

먼저 도착한 누군가가 해변에서 손을 흔들며 "어이, 거의 다 왔어, 끝까지 힘내" 하고 소리치며 우리를 힘차게 응원해줄 것입니다. 질투할 시간에 실력과 체력을 키우는 게 훨씬 이득 아닐까요. 하나둘, 하나둘 열심히 팔을 젓다 보면 따뜻한 해변에 등을 대고 누워 흰 구름이 흘러가는 하늘을 기분 좋게 올려다볼 날이 분명히 올 것입니다.

살리에르 씨, 모두가 다 천재일 순 없잖아요. 그리고 모두가 다 천재일 필요는 없잖아요. 남의 행복이 커진다고 내 행복이 줄어드는 건 아니니까요.

비판은 피드백
일단 받아들이고 본다

일을 하다 보면 비판을 많이 받게 됩니다. "사진에 임팩트가 없어요." "글이 너무 감상적이군요." "개인의 취향이 너무 많이 들어간 것 같아요." "지루해요." "너무 어려워요." "너무 쉬워요." 어떨 땐 비판받기 위해 일을 하는 것이 아닐까 하는 생각이 들 정도니까요.

일을 처음 시작했을 때는 비판을 받는다는 것, 그 자체를 견디기 힘들었습니다. 화나 나고 억울해 밤새 잠을 이루지 못한 적이 많았죠. 그런데 지금은 뭐, 그냥 그러려니 합니다. 이제는 내성과 맷집이 생겼고, 그런 비난쯤은 슬슬 피해 갈 수 있는 마음의 여유가 생기기도 했고요.

성숙해지는 나

우리가 비판과 맞닥뜨리는 가장 큰 이유는 우리가 만든 결과물이 나쁘기 때문일 겁니다. 그럴 땐 재빨리 인정해야겠죠. 그런데 여기서 조심해야 할 것은, 일에 대한 평가와 자신을 동일시하면 안 된다는 겁니다. 자기비하는 절대 금물입니다. 일이 망한 것이지 내가 망한 것이 아니니까요. 다음에 잘하면 되잖아요.

우리가 비판에 둘러싸이는 또 다른 이유는 우리가 일하고 있는 이 바닥이 워낙 좁기 때문입니다. 몇 년 정도 일을 하다 보면 몇몇 사람을 통하면 다 연결될 정도죠. 이는 달리 말하면 그만큼 경쟁이 치열하다는 뜻일 텐데요, 다들 자부심이 높고, 스스로 전문가이며, 자기가 최고라고 생각하다 보니, 다른 이들의 작업을 고운 눈으로 못 봐주는 경우가 있습니다.

이는 어느 곳에나 '비판하기 위해 비판하는 사람'이 존재한다는 말입니다. 전시장에 들러 "오, 멋진 작품이군. 축하해"라고 흔쾌히 말해줄 수 있는 사람이 있는 반면, 전시장에 오지도 않으면서 작품과 작가를 깎아내리기 바쁜 사람도 있습니다. 불행하게도 시기와 질투로 똘똘 뭉친 그들은 대부분 말이 많고 활동적이기까지 하죠. 그들은 다른 사람을 깎아내리면 자신의 위치가 올라가고, 자신이 그 자리를 차지하고 더 많은 일을 할 수 있다고 생각합니다. 하지만 이 바닥이 그렇게 만만하고 호락호락한 것은 아닙니다. 정말 우리를 생각하는 사람은 다른 사람 앞에서 공공연히 우리를 깎아내리지 않을 것입니다. 가끔 그들에게 따끔하게 말해줄 필요도 있습니다. 무조건 참고 견디면 상대는 점점 더 미쳐 날뛰는 법이니까요.

우리가 알아야 하는 것은 자신의 위치를 올리기 위해서는 스스로 더 높은 곳으로 올라가는 수밖에 없다는 진실입니다.

그래도 '일단 비판은 받아들여야 한다.' '모든 비판은 피드백feedback이며 받아들일 필요가 있다.' 이것이 저의 기본적인 입장입니다. 뭔가를 만들어내는 사람은 언제나 비판받는 위치에 서 있습니다. 사람들은 언제나 자기 자신에게는 한없이 관대하고, 남에게는 혹독한 법입니다. 비판받는 것이 두렵다면 애초에 뭔가를 만들어내는 일을 시작하지 말았어야 합니다. 그 정도 각오는 있어야겠지요. 그래서 비판받은 부분에 대해서는 일단 입을 닫습니다. 비판에는 분명 이유가 있으리라 생각하고, 비판받은 부분은 다시 한 번 읽어보고 고치려고 노력합니다. 비판이 100퍼센트 맞지는 않지만, 뭔가 이상한 부분이 있기는 있다는 것이니까요. 알면서 놓친 걸 수도 있고, 제가 몰랐던 것일 수도 있습니다.

일은 한 번에 완벽하게 끝나는 경우가 드물고, 고치면 고칠수록 나아집니다. 고치고 나서 이전보다 훨씬 나아져 있는 경우를 많이 경험했습니다. 누군가 내 글을 읽고 '뭔가 이상

성숙해지는 나

해' 하고 고개를 갸웃했다면 어딘가가 분명히 잘못됐다는 겁니다.

우리가 일을 하는 이상, 우리에 대한 감탄이 이어지는 만큼 비판도 끊임없이 나올 것입니다. 감탄과 비판의 끝없는 반복 속에서, 다행스럽게도 우리는 우리가 가고자 하는 쪽으로 조금씩 나아가고 있습니다.

자, 그럼 누군가를 비판하는 일에 대해서는 어떡해야 할까요? 저는 일단 입을 닫는 편이 좋다고 생각합니다. 모른 척하든지, 칭찬하든지. 저라면 이 두 가지 가운데 하나를 선택하겠습니다. 칭찬과 격려가 우리의 일을 더 나은 방향으로 이끌고 간다는 걸 알고 있기 때문이죠. 제가 오늘 더 좋은 문장을 쓸 수 있는 건 어제 당신이 저를 칭찬했기 때문입니다.

무언가 하나를 만든다는 것은 하나의 마음을 내보이는 일입니다. 상당히 많은 용기가 필요하고 많은 위험을 감수해야 하죠. 비판보다는 격려와 응원이 더 힘이 됩니다.

우리는 모두 다른 출발선에서 달리기를 시작했습니다. 어떤 이는 뒤에서, 어떤 이는 낮은 곳에서, 또 다른 어떤 이는 저 멀리 앞에서, 어떤 이는 높은 곳에서 출발했습니다. 모두가 다른 조건에서 출발했지만, 우리는 각자 이를 악물고 달리고 있습니다. 이것이 한 인간이 다른 인간을 비판하는 것에 신중해야 하는 이유 아닐까요.

우리는 때로 다른 사람이 처한 현실의 조건을 비판하는 오류를 범합니다. 우리가 비판해야 하는 것은 그가 딛고 있는 현실이 아니라, 현실을 대하는 그의 관습적이고 태만하고 타협적인 태도여야 할 것입니다.

우리가 일을 하는 이상, 우리에 대한 감탄이 이어지는 만큼 비판도 끊임없이 나올 것입니다. 감탄과 비판의 끝없는 반복 속에서, 다행스럽게도 우리는 우리가 가고자 하는 쪽으로 조금씩 나아가고 있습니다.

100퍼센트의 컨디션을
유지하기 위해 필요한 것

'Sans le vide, il n'y a rien'라는 프랑스 속담이 있습니다. '빈 공간이 없으면 아무것도 없다'라는 뜻입니다. 살다 보면 무언가를 채우는 것도 중요하지만, 더 중요한 것은 빈 공간 혹은 틈을 만드는 일이라는 것도 알게 됩니다. 제 경험상 잘 쉬지 않으면 절대로 일을 더 잘할 수가 없더군요.

모든 부품에는 '틈'이 있어야 합니다. 틈이 없는 톱니바퀴는 멈춰버리고 맙니다. 일본의 가전제품 회사 발뮤다의 CEO인 테라오 켄이 쓴 『가자, 어디에도 없었던 방법으로』에는 다음과 같은 구절이 나옵니다. "어떤 빈자리에 다른 무언가를 넣어야 할 때는 아주 조금이라도 크기 차이가 있어야 한다. 물건을 만드는 세계에서는 '찰지게 딱 들어맞는다'라는 표현이 있는데, 이때 크기 차를 계산하면 0.025㎜가 된다. 제작하는 사람에게 이 크기 차이를 전달하기 위해서는 도면에 '공차'라고 불리는 수치를 표기해야 한다." 여기서 말하는 공차가 즉 틈인 거죠. 역설적이게도 약간의 틈이 있어야 잘 맞는다는 말입니다.

저는 프로페셔널 여행 작가인데, 이 직업은 1년 내내 여행과 글과 사진에 대해 생각하지 않으면 안 됩니다. 밥을 먹을 때도, 길을 걸을 때도, 영화를 볼 때도, 음악을 들을 때도 여행 콘텐츠에 대해 생각해야 합니다. 건축가와 화가, 카피라이터, 요리사도 마찬가지일 것입니다. 그들은 오직 건축과 그림, 카피, 요리에 대해서만 생각합니다.

간혹 그들이 빈둥대며 놀고 있는 것처럼 보이기도 합니다. 그렇게 보이는 그들이 어느 날 갑자기 뭔가를 뚝딱 만들어 내서 가져오니, '영감inspiration'이라는 것이 존재하는 것처럼 보이는 거죠. 하지만 사실을 말하자면 이렇습니다. 그들이 겉으로 보기엔 전시회나 공연장을 찾아다니며 슬렁슬렁 시간을 보내는 것 같지만, 실은 좋은 아이디어를 떠올리기 위해 일을 하고 있는 것입니다. 프로 축구 선수가 경기장에서 90분 동안 전력을 쏟고, 이후 3일 동안 휴식을 취하며 다음 경기를 준비하는 것과 같죠. 아무도 이런 축구선수를 두고 빈둥대며 논다고 비난하지는 않잖아요. 체력을 회복하고, 부상 입은 다리를 치료하고, 컨디션을 끌어올리는 등 회복훈련을 한다는 것을 알고 있으니까요.

일본의 어느 작가에 따르면, 대부분의 프로 운동선수들은 자기 시간 중 20퍼센트를 시합에, 80퍼센트를 훈련에 투자한다고 합니다. 반면 대부분의 직장인은 자기 시간의 99퍼센트를 일에, 1퍼센트를 자기계발에 투자하죠. 선수로 치자면 연습도 하지 않고 시합에 들어가는 것입니다.

제가 쉬는 이유는, 쉬기 위한 것도 있지만 훈련하기 위해서이기도 합니다. 겉으로는 미술관이나 콘서트장에 가고 영화나 보며 빈둥거리는 것 같아도 실은 온 힘을 다해 영감을 얻기 위해 몸부림치고 있는 것이죠. 좋은 아이디어는 그냥 생겨나지 않습니다. 끊임없이 촉수를 세우고 있어야 나오는데, 남들의 눈에는 빈둥거리는 것처럼 보이는 행위가 사실은 고도의 아이디어 탐색행위인 것입니다. 저는 '잘 그렸어'라는 칭찬에 기분이 좋아지는 미대생이 아니라 돈을 받고 콘텐츠를 파는 프로페셔널입니다. 적어도 최소한 80퍼센트 이상의 성과물을 만들어내야 하는 거죠. 빈둥대는 것처럼 보여도 사실은 일에서 100퍼센트의 컨디션을 유지하기 위해 조절하고 있는 것입니다.

이는 시간을 어떻게 사용하느냐의 문제일 수도 있습니다. 프로와 아마추어의 차이는 이 시간이라는 것을 어떻게 배분해 사용하느냐에서도 가려진다고 생각합니다. 일은 잘하는 것보다 제시간에 하는 것이 중요하다고 말씀드린 적이 있습니다. 능률이 떨어지는 사람이 잔업을 합니다. 어떤 순서로 일을 하느냐, 어떤 방식으로 일을 하느냐가 때로는 일의 성공에 더 영향을 미치기도 하는데요, 힘을 줘야 할 때는 확실하게 주고, 빼야 할 때는 빼는 거죠. 그렇다고 일을 안 하는 것은 아니고 사실 모든 순간 일을 하고 있는 것인데, 옆에서 보기엔 그냥 노는 것처럼 보이는 겁니다.

저 역시 일을 하지 말아야 할 때는 전혀 일을 하지 않습니다. 직장에 다니는 분들은 '당신이야 자유로운 직종이니까 그럴 수 있지' 하고 생각할 수도 있겠지만, 여행 작가라는 직업에도 나름의 고충이 있습니다. 프리 워커는 다른 사람으로부터 의뢰받은 일을 하는 인생입니다. 클라이언트에게 밉보이면 일을 따낼 수가 없습니다. 하기 싫어도 일단 "네" 하고는 일을 해야 하는 게 이 바닥 생리입니다. 일을 하지 않는다고 마음먹는다는 것은 상당한 손해와 피해를 감수할 각오가 되어 있다는 뜻입니다. 드물지만 비난받을 때도 있고요.

제가 쉬는 또 다른 이유는 제 인생을 제대로 사용하기 위해서입니다. 아마도 휴대폰에 응답 거절 기능이 있는 것도 이 때문이겠죠. 전화를 받기 싫으면 받지 말아야 합니다. 마흔 살 넘어 마음속에 지니게 된 좌우명 두 개가 있는데, '정말 하기 싫은 일은 하지 말자'와 '웬만하면 택시 타자'입니다. 이 두 가지만 어느 정도 할 수 있어도 인생이 훨씬 편해지더라고요.

사진도 안 찍고 글도 안 쓰며 얼마 동안 지내다 보면 인생이 살 만하게 여겨집니다. 마트에 가고, 공원에서 자전거도 타고, 도서관에서 책도 읽고, 텃밭에서 방울토마토도 땁니다. 한참을 여행 작가라는 일과는 상관없는 삶을 살아가다 보면, 이제 뭔가 해봐도 될 것 같은데 하는 기분이 슬며시 들기 시작하죠. 반짝이는 무언가가 제 마음속에 고이기 시작해 어느 순간 넘칠 듯 말 듯 찰랑거리는 걸 느끼는데, 그럴 때면 '자, 이제 슬슬 움직여 볼까' 하고는 주섬주섬 주위를 챙겨봅니다. 이는 일하는 시간도 중요하지만, 아무것도 하지 않는 시간도 그에 못지않게 중요한 의미가 있다는 겁니다.

벽돌은 바로 만들어서는 사용할 수가 없습니다. 바람과 햇볕에 말려야 더 단단해지죠. 일도 인생도 마찬가지입니다. 틈이 없다면 더 좋은 결과물을 만들어 낼 수가 없습니다.

탁월함이 만들어지는
과정

오래된 식당을 노포라고 부릅니다. 대대로 물려 내려오는 점포를 일컫죠. 우리나라에서는 보통 50~100년 이상 된 집을 말합니다. 3대, 4대를 이어져 오는 집들이죠.

요리사 박찬일이 쓴 책 『내가 백년식당에서 배운 것들』은 전국의 노포를 찾아다니며 그 집의 솜씨와 장사 철학을 탐구한 책입니다. 이 책에서 박찬일은 노포가 오랫동안 한자리를 지키며 장수할 수 있는 비결을 몇 가지로 간추립니다.

우선 기본에 충실합니다. 재료는 늘 제일 좋은 것을 사용하고 문을 열고 닫는 시간을 철저하게 지킵니다. 종로의 해장국집 청진옥은 1937년 창업해 3대째 이어오고 있습니다. "불을 끄지 말고 영업하라"는 아버지의 유언에 따라 아버지 상을 치르면서도 솥에 해장국을 끓였습니다. 대구의 추어탕 집인 상주식당은 1957년 창업했습니다. 이 집은 한겨울에는 문을 닫습니다. 추어탕의 주재료인 미꾸라지와 고랭지 배추를 구하기 힘들었던 시절부터 이렇게 해왔다고 합니다. 완벽하지 않으면 문을 열지 않는다는 것이 이 집 주인의 고집스러운 철학이죠. 서울의 냉면집 우래옥은 직원들 정년이 없습니다. 사람을 소중히 여기기 때문입니다. 직원들은 근무할 수 있을 때까지 근무합니다. 몇 해 전 퇴임한 김지억 전무는 58년간 근속했다고 합니다.

직업이 직업이다 보니, 노포를 다닐 때가 많습니다. 출장을 가기 전 인터넷에 출장지의 노포를 검색해 보고 가까운 곳에 있으면 일부러 시간을 내서라도 찾아갑니다. 냉면이든, 짜장면이든, 국밥이든, 돼지갈비든 오랫동안 한자리를 지키고 있는 집에서 먹다 보면 취재를 하지 않더라도 어렴풋하게나마 그 이유를 알게 됩니다. 음식 맛뿐만 아니라, 손님을 대하는 직원들의 접객 태도와 톱니바퀴처럼 움직이는 직원들의 재빠른 움직임, 잘 닦아진 테이블, 언뜻 보아도 청결한 주방 등 모든 것들이 절묘하게 어우러져 있죠. 기본, 원칙, 고집, 애정 등 우리가 비효율적이라며 쉽게 무시하고 넘겨버리는 이런 덕목들이 노포들에게는 오히려 브랜드인 것입니다.

배우 K 선생, 요리사 R과 함께 1박 2일 동안 순창과 전주, 익산을 답사한 적이 있습니다. 답사는 핑계였고, 전주에 근무하는 지인 B를 따라다니며 맛있는 음식이나 먹을 요량으로 떠난 길이었습니다.

첫째 날을 전주에서 잘 보내고 다음 날엔 익산으로 갔습니다. 여행을 시작하기 전, K 선생은 익산에서 아침을 먹어야 한다고 못 박더군요. "내일 아침은 무조건 콩나물국밥을 먹어야 합니다." 숙소에서 멀지 않고 콩나물국밥을 일행 모두가 좋아하는 데다, 미식가인 K 선생의 강력 추천이라 기대가 컸습니다. 사실 콩나물국밥 하면 전주가 유명하죠. 왱이집, 삼백집, 현대옥 등은 전주 여행길에서 누구나 한 번쯤 들르는 집들이죠. 이들 집에서 차려내는 콩나물국밥은 전국 어디에나 있는 '24시 콩나물국밥'과는 차원이 다른 맛을 보여줍니다. 그런데 이 집들을 전부 뒤로하고 익산으로 가자니.

익산 가는 차 안에서 K 선생이 말하더군요. "한때는 콩나물국밥에 빠져서는 전국의 콩나물국밥을 다 먹어보겠다고 마음먹은 적이 있었지. 그런데 이 집 콩나물국밥을 먹어보곤 '아, 더 이상 딴 데는 안 가도 되겠다'는 생각이 들더라고."

콩나물국밥 집에 들어섰습니다. 메뉴는 콩나물국밥 딱 하나였습니다. 주방에 놓인 커다란 솥에는 육수가 펄펄 끓고 있었고, 솥 앞에서 주인아저씨가 국밥을 토렴하고 있더군요. 오랜만에 보는 토렴 풍경이었습니다. 솥에는 멸치가 든 커다란 망이 보였습니다. 가까이 다가가자 멸치육수의 단내가 코끝으로 훅 끼쳐왔습니다.

콩나물국밥이 나왔습니다. 콩나물이 푸짐하게 들어가 있었고 그 위에 김 가루가 살짝 뿌려져 있었습니다. 달걀노른자도 보기 좋게 떠 있었습니다. 한 숟가락 국물을 떠먹었더니 속이 따뜻해졌습니다. 정말 맛있더군요. 과장이 아니라 술을 처음 마신 이후 지금까지 쌓인 숙취가 모두 풀리는 느낌이었습니다. 영혼까지 말갛게 씻기는 것 같았습니다. 콩나물국밥을 천천히 그리고 깨끗하게 다 먹었습니다.

콩나물국밥을 먹고 서울로 돌아오는 기차 안에서 아카데미에서 여우조연상을 수상한 배우 윤여정의 인터뷰를 들었습니다. "저는 경쟁을 싫어합니다. 우리는 각자 다른 역을 연기했잖아요. 우리끼리 경쟁할 순 없습니다. 오늘 제가 여기에 있는 이유는 단지 조금 더 운이 좋았을 뿐이죠." 오랜 세월 배우로 존재하다 마침내 궁극의 인생을 완성한 사람의 말이더군요.

그 말을 듣고 처음 프리 워커가 되었을 때가 떠올랐습니다. 그때는 의뢰받은 일만 했습니다. 클라이언트가 요구하는

성숙해지는 나

원고만 썼죠. 클라이언트가 의뢰한 여행지로 취재를 가서 열심히 취재를 하고, 클라이언트가 좋아할 만한 사진을 찍었습니다. 한눈팔 틈도, 시간도 없었습니다. 일을 해내기에도 바빴으니까요. 출장과 마감으로만 이루어져 있던 날들이었습니다.

지금 와서 생각하니 그때는 가능한 한 빨리, 안정적인 궤도에 올라야 한다는 생각에 마음이 참 급했던 것 같습니다. 일을 하다 보면 알게 될 겁니다. 일정한 수준까지 스킬을 늘이고 매출을 올릴 때까지는 시장이 원하는 노력과 시간 그리고 비용을 들여야 합니다. 비행기는 이륙할 때 가장 많은 연료를 소모한다고 하죠. 그리고 비행에 필요한 고도에 올라가면 연료 소모가 줄어듭니다. 큰 냄비일수록 물을 끓이는 데 오랜 시간이 걸리는 법입니다.

일을 시작하고 얼마간의 시간이 지나자 몸에 근육이 붙듯 조금씩 실력이 붙더군요. 저를 찾는 사람이 늘어나고 그러면서 수입이 안정되기 시작했습니다. '아, 이만하면 어느 정도 고도에 올라왔군. 슬슬 숨을 좀 돌려야겠어' 하는 생각이 들었습니다. 일정 고도에 오른 비행기의 기장이 비행 모드를 자동으로 설정한 후 기지개를 켜며 어깨를 돌리듯, 저에게도 창밖의 풍경을 바라볼 수 있는 약간의 여유가 생겼습니다.

그러던 어느 날이었습니다. 원고가 잘 풀리지 않아 베란다에서 새벽 동네 풍경을 보며 담배를 피우던 중이었습니다. (지금은 끊은 지 10년이 넘었습니다만) 뭔가 뭉클한 감정이 들며 새로운 걸 써보고 싶다는 열망이 강렬하게 일어나더군요. 책상 앞으로 돌아와 워드 프로그램을 열었습니다. 하얀 백지가 모니터에 펼쳐지며 커서가 깜빡였습니다. 커서는 이렇게 말하는 것 같았습니다. '이제 네가 쓰고 싶은 이야기를 써볼 때도 된 것 같아. 행운을 빌어주지.' 그때의 행복감과 충만감을 아직도 생생하게 기억합니다. 이 일을 계속할 수 있겠구나 하는 생각이 들어 기뻤습니다.

매일매일 조금씩 시간을 떼 내어 제 원고를 쓰기 시작했습니다. 그것은 분명 의뢰받은 일을 할 때와는 다른 기분과 성취감을 느끼게 해주었습니다. 매일 새벽, 에스프레소 한 잔을 마시고 초콜릿 2알을 먹으며 노트북 앞에 앉아 단어를 입력하고 지우기를 반복했던 수많은 새벽들. '내 것'이 만들어지고 있다는 실감이 저를 기쁘게 했습니다.

일은 노 젓기와도 비슷합니다. 힘들고 따분하죠. 하지만 노 젓기를 계속하다 보면 어깨에 힘도 붙고 익숙해집니다. 손바닥에 굳은살도 박혀 조금은 무감각해지기도 하고요. 물의 흐름에 배를 올리는 기술도 생기고, 강 건너편의 풍경을 즐길 수 있는 여유도 가질 수 있죠. 그러다가 경주에 나가 우승해 상금을 타고 더 좋은 배를 살 수도 있을 것이고요.

서울에 단골 함흥냉면 집이 있습니다. 아주 오래된 집입니다. 점심을 먹으러 이 집에 갈 때마다 주인 할머니가 꼭 같은 자리에 앉아 함흥냉면을 먹고 있는 것을 봅니다. 아마도 몇십 년 동안 같은 자리에서 같은 음식을 먹었을 테죠. 양념이 어떤지, 면발은 너무 질기지 않은지, 육수는 너무 짜지 않은지, 굳이 맛보지 않아도, 냄새만 맡아도 아니 냉면이 그릇에 담긴 모양만 보아도 오늘의 냉면 상태에 대해 알 것입니다. 그 집 냉면을 한 입 먹어 보면 꾸준한 노력으로 차근차근 맛을 쌓아온 노고와 정직함, 그리고 자신의 일에 대한 자부심과 존중이 느껴집니다.

한 그릇의 콩나물국밥과 함흥냉면을 만들기 위해, 맛을 내고 또 지키기 위해 얼마나 많은 시간을 쏟아부었을까요. 단번에 그 맛이 나온 것이 아닐 겁니다. 매일매일 꾸준히 그 맛을 만들어온 거죠. 수만 그릇의 콩나물국밥이 쌓여 비로소 한 그릇의 콩나물국밥이 완성된 것입니다.

우리는 이제 겨우 시작했습니다. 한참을 올라온 것 같지만 뒤돌아보니 이제 겨우 몇십 미터밖에 오지 않았습니다. 그 사이 의욕과 열정은 사라져버렸군요. 하지만 괜찮습니다. 일은 의욕과 열정으로 하는 것이 아니니까요. 일은 계획과 회의, 임기응변, 체력, 이메일, 끊임없는 수정과 보완을 통해 완성해 가는 것입니다.

일단 결과물 하나를 만들고 반응을 봅시다. 반응이 좋으면 이대로 더 발전시켜 나가면 되고, 안 좋으면 지적받은 부분을 고치면 됩니다. 탁월함과 도약, 새로운 발견은 이 과정에서 생겨나는 것입니다.

우리는 제자리에 서 있는 것 같지만, 사실은 고통과 지루함을 이겨내고 시간을 견디며 조금씩 나아가는 중입니다. 콩나물국밥으로 열심히 존재하다 보면 마침내 '탁월한 콩나물국밥'이 될 수 있는 것이죠. 그러니 포기하지 맙시다. 끝까지 노를 저어갈 수 있다는 가능성을 믿는 인간만이 끝까지 노를 저어갈 수 있습니다.

성숙해지는 나

겸손은 훗날의 실수를 덮어줄 보험이다

오늘의 우리를 만든 건 80퍼센트 이상이 운입니다. 사실입니다. 저 역시 대한민국이라는 선진국에 태어났기 때문에, 초등학교부터 고등학교를 졸업할 때까지 아무 걱정 없이 학교에 다닐 수 있게 해주고, 학원을 보내주고, 대학 등록금을 내주신 부모님이 있었기 때문에 여기까지 온 것입니다.

경제학자 브랑코 밀라노비치Branko Milanovic는 우리의 성공을 결정하는 것은 운이라는 사실을 그의 책 『왜 우리는 불평등해졌는가』에서 적나라하게 보여줍니다. "태어난 나라가 평생 소득의 절반 이상을 결정"하며 "아직 세상은 어느 나라에서 태어나 어느 나라에서 사는지가 개개인의 삶에 가장 큰 영향을 끼치고 있다"는 사실을 그는 수많은 증거를 통해 설명하고 있습니다. "정치인, 영화배우, 주식거래인의 자녀라고 해서 부모와 같은 직업을 수행할 최적임자라고 할 수 있을까? 단연코 그렇지 않다. 그저 부모가 이룬 직업적 성공이 자녀의 성공을 비롯한 더 큰 성공으로 이어지는 것일 뿐이다."

이는 부모를 잘 만나면 좋은 직업과 직장을 더 쉽게 가질 수 있다는 뜻이겠죠. 여기에 대해서는 굳이 자세히 설명하지 않아도 될 듯합니다. 금수저, 흙수저라는 단어만 떠올려도 이해가 될 테니까요. 브랑코 밀라노비치 역시 저개발국가의 가난한 집에서 태어난 아이는 고등교육을 제대로 받은 확률이 낮고, 대학을 졸업하더라도 좋은 직장을 얻고 사업가로 성공할 확률이 아주 낮다고 말합니다. 부족한 자본, 부패와 법 집행의 자의성, 불합리한 규제, 인프라 부족 등도 저개발 국가의 아이들이 넘어야 할 커다란 산이죠.

부모 운도 따라줘야 합니다. 사람의 성취와 행동에 영향을 미치는 것이 유전자인지 아니면 환경인지는 아직 명확하게 증명되지 않았습니다. 이를 '본성과 양육' 논쟁이라고 합니다. 그런데 부모는 유전자와 환경이라는 이 두 가지 요소를 모두 제공합니다. 즉 부모를 잘 만났다면 성공할 확률도 크다는 겁니다. 그런데 부모는 우리가 선택할 수 없습니다. 부모를 잘 만나는 건 순전히 운인 거죠.

성숙해지는 나

실리콘밸리에는 'Pay it Forward'라는 문화가 있습니다. 선배 창업자들이 후배 창업자들에게 자신들의 경험과 노하우를 나눠주는 것을 의미하는데요, 이것을 받은 후배 창업자들은 선배 창업자들에게 대가를 지불하지 않습니다. 'Give&Take'가 아니라는 거죠. 이들은 다시 후배 창업자들에게 이를 '전달forward'합니다. 앞선 사람에게 받은 도움을 뒤에 오는 사람에게 갚는 것, 이것이 Pay it Forward입니다.

Pay it Forward는 '성공의 상당 부분은 운'이라는 자각에서 시작됩니다. 이 자각이 겸손한 마음을 만들어 내는 거죠. 실리콘밸리에서는 젊은 나이에 상당한 부를 거머쥐는 경우가 흔합니다. 그런데 '내가 능력이 정말 뛰어나서, 나 혼자서, 내 실력으로만 이 모든 걸 이룬 거야.' 이렇게 생각하면 Pay it Forward라는 문화가 생겨나지 않았을 것입니다. '내가 이런 성공을 거머쥘 만한 사람이 아닌데, 운이 좋아서 이렇게 된 거야. 나도 세상에 받은 만큼 돌려줘야겠어.' 이런 겸손한 마음을 가지니 Pay it Forward라는 문화가 생겨나고 정착이 된 거죠.

다시 일에 관한 이야기로 돌아가 봅시다. '운 - 겸손 - 성공'은 미묘하게 맞물려 있습니다. 우리가 원하는 것은 지속적으로 일을 잘하는 것입니다. 그래야만 기회를 계속 가질 수 있기 때문이죠. 한두 번의 성공으로 기고만장해진 사람은 계속 일을 잘해나가기가 힘듭니다. 저 역시 그랬습니다. 대기업과 신문사라는 꽤 괜찮은 직장에 다니던 그 시절, 제가 명함을 건넬 때, 다른 사람을 대할 때, 어떤 표정과 태도였는지를 생각하면 지금도 부끄럽고 얼굴이 화끈거립니다. 그까짓 명함이 뭐라고요. 명함 몇 장 교환한다고 아무것도 쌓이지 않습니다. 인맥과 연줄은 명함으로 만드는 것이 아닙니다. 흔히들 그 사람이 어떤 사람인지 알려면 웨이터에게 하는 행동을 보라고 하죠. 웨이터에게 친절한 태도를 보이는 사람은 그냥 친절하기만 한 것이 아닙니다. 그건 모든 존재하고 있는 것에 진심을 다하고 있다는 뜻입니다. 회장님에게 명함을 건넬 때의 태도와 표정은 그 옆에 서 있는 과장에게도 똑같아야 합니다. 실무는 그 과장이 하거든요. 인맥을 쌓으려면 존재하는 모든 것에 겸손해야 합니다.

일의 성공이 이어지고 승승장구하다 보면 자만심이 생겨납니다. 주변에서도 잘한다고 추켜세우니 우쭐해지고, 어깨와 목에 힘이 잔뜩 들어가죠. 호기심이 사라지고 게을러집니다. 다른 사람의 조언도 귀에 들어오지 않습니다. 판단력이 흐려지겠죠. 당연히 좋은 결과물이 나오지 않습니다. 적들은 기다렸다는 듯 환호를 지릅니다. 당신은 모르고 있었겠지만, 당신이 성공한 그 순간부터 당신은 적에게 둘러싸이기 시작했습니다. 그들은 당신이 그 자리에서 미끄러져 내려오기만을 기다리고 있었습니다. 당신의 자리에 그들이 올라가야 하니까요.

성공은 그 자체로 적을 만듭니다. 사람들은 겸손한 사람은 잊지 않습니다만, 무례하고 오만한 사람은 더 잊지 않죠. 겸손은 훗날 우리의 실수를 덮어줄 것입니다.

겸손은 오랫동안 일을 잘하게 만들고, 오랫동안 성공의 자리에 머물러 있도록 도와줍니다. 흔히들 겸손을 자기를 낮추는 것으로 생각하지만, 겸손은 여기에서 한 단계 더 발전한 개념입니다. 애덤 그랜트는 『싱크 어게인』이라는 책에서 겸손함humility의 라틴어 어원이 '땅에서부터'라고 말합니다. 겸손함은 "자신이 얼마든지 오류를 저지를 수 있고 잘못된 판단을 할 수 있음을 인정하는 마음, 즉 땅에 뿌리를 튼튼하게 내리는 것"이라는 것이 그의 설명입니다. '나는 언제든 틀릴 수 있다'는 것을 아는 순간 겸손이 시작되고, 여기에서 경청과 반성, 그리고 엄격한 자기관리와 혁신이 일어납니다.

일을 해 오면서, 살아오면서 몇 가지 깨닫게 된 것이 있습니다. 첫째, 인생은 운이라는 것. 둘째, 누구에게나 내리막길이 있다는 것. 그런데 이 내리막길은 바닥에 닿기까지 순식간이고 심지어 가파르기까지 합니다. 셋째, 이 내리막길을 막아주는 보험이 바로 겸손이라는 사실입니다.

앞서 일에서 운과 겸손, 성공은 서로 맞물려 있다고 했는데 인생에서도 마찬가지입니다. 우리가 운이 좋았다는 것을 인정하는 순간 우리는 겸손해질 수 있습니다. 나의 성취는 내 힘으로만 이룬 것이 아니고, 실패한 사람은 노력이 부족했기 때문이 아닙니다. 실패한 사람은 단지 운이 나빴기 때문일 수도 있습니다. 이것이 그들을 비난하지 않아야 하고, 그들을 도와야 하는 이유입니다.

우리가 거둔 이 한 줌의 성공이 뭐 대단한 것이라고요. 어쩌면 그것마저도 운이 좋았기 때문인지도 모르는데요.

성숙해지는 나

'나는 언제든 틀릴 수 있다'는 것을 아는 순간 겸손이 시작되고, 여기에서 경청과 반성, 그리고 엄격한 자기관리와 혁신이 일어납니다.

4

자유로워지는 나
—

이제 나는
답을 가지고
있다
—

기회의 시간이
오고 있다

앞서 보내드린 레터에서 '작가는 자신의 생각을 창작물로 만들어 세상에 내보이고 돈을 벌어 작업을 계속해 나가는 사람'이라고 정의했습니다. 그리고 이 일을 하기 위해서 가져야 할 마음과 태도, 생활습관에 관해 썼고, 어떻게 하면 효과적으로 일을 할 수 있을 것인지에 관해서도 이야기했습니다.

　이제 일과 인생을 주제로 이어가고 있는 저의 이야기도 막바지에 다다른 것 같습니다. 마지막으로 '본질'에 대해 말씀드리고 싶은데, 거기에 앞서 다시 '작가는 무엇인가'라는 물음을 던지고, 그 문제에 대해 생각해 보아야 할 것 같아 오늘 레터를 씁니다. 세상은 빠르게 변하고 있고, 거기에 따라 프리워커가 가져야 할 생각과 마음가짐이 바뀌어야 하고, 일하며 살아가는 방식도 변해야 하니까요. 본질에 관한 이야기는 이 이야기를 끝낸 다음에 하도록 하겠습니다.

우리는 이미 미래를 살고 있습니다. 코로나가 시간을 앞당겼습니다. 2022년이 아닌 2032년을 살고 있는 것 같습니다. 퓰리처상을 수상한 토머스 프리드먼이 『뉴욕 타임스』에 기고한 글이 떠오릅니다. "세계는 이제 코로나 이전인 BCBefore Corona와 코로나 이후인 ACAfter Corona로 구분될 것이다." 그의 말처럼 우리는 코로나 이후의 시대로 훌쩍 건너왔습니다. 아마도 이전의 세상으로 다시 돌아갈 수는 없을 것 같습니다. 그나마 다행인 것은 코로나가 만든 방식에 조금이나마 익숙해졌다는 것입니다. 언컨택트uncontact 문화에 그럭저럭 적응하고 있다는 것을 위안으로 삼습니다.

코로나 덕분에 회사에 출근하기 위해 굳이 만원 지하철에 시달리며 아침 7시의 전철을 타지 않아도 되며, 집에서 또는 카페에서도 충분히 일하고 성과를 낼 수 있다는 것을 누구도 의심하지 않는 시대입니다. 줌으로 회의를 할 수 있고, 이메일과 메신저를 통해 업무를 진행하는 것이 더 편합니다. 마켓 컬리에 전날 밤에 주문한 HMR로 아침 식사를 하는 일이 불편하지 않습니다. 우리는 이미 미래를 살고 있군요. 이젠 예전과 다른 장소에서 이전과는 다른 방식으로 일해야 할 것입니다.

갑자기 불어 닥친 변화의 바람에 당황했지만, 우리는 용케 버텨냈고 점점 적응하고 있습니다. 하지만 이것이 끝이 아니라는 사실이 우리를 불안하게 합니다만 어쩔 수 없는 일입니다. 우리는 다시 살아남아야 합니다. 당장 내일부터 변화의 바퀴는 더 빨리, 더 세차게 회전할 것입니다. 조짐과 징후는 점점 더 선명해지고 있습니다. 변화하는 시간은 누군가에게는 기회가 될 것이고, 누군가에게는 더 큰 어려움으로 닥칠 것입니다. 저 역시 많이 두렵습니다.

다시 프리 워커들이 주목받고 있습니다. 회사에 나가 테이블을 사이에 두고 앉아 회의를 하지 않아도 우리는 협의를 할 수 있고, 원하는 성과를 만들어 낼 수 있습니다. 개인과 개인이 '각자의 장소에서 모여' 팀을 만들고 각자의 일을 유기적으로 진행합니다. 결국 프리 워커의 수요가 많아질 것입니다. 수많은 전문가가 이렇게 예상하고 있는데, 이는 곧 경쟁이 더 치열해진다는 뜻이기도 하겠죠. 수많은 프리 워커들이 시장에 나올 테니까요. 이는 바꾸어 말하면, 유능한 프리 워커는 더 좋은 대우를 받으며 일을 할 수 있다는 말이기도 합니다.

그는 자신의 비전에 부합하지 않는 일, 자신이 원하지 않는 일은 하지 않으려 할 것이고 그래도 될 것입니다. 그는 어디에도 소속되지 않겠지만 어디에나 소속될 것입니다. 그는 자신이 꿈꾸는 일을 하며 스스로가 상품이 되고, 플랫폼 platform이 될 것입니다. 그래서 우리는 지금보다 더 전문적이어야 하고, 지금보다 더 치열해야 합니다.

그렇다면 프리 워커로서의 우리는 어떤 능력을 길러야 하고, 어떤 태도를 가져야 할까요. 그래서 프리 워커로서의 우리는 어떤 삶을 기대해야 하며, 살아가야 할까요.

앞으로 작가가 더 각광받는 시대가 올 것이라고 생각합니다. 여기서 작가는 반드시 글을 쓰는 작가만을 뜻하지 않습니다. '작가作家'는 말 그대로 '무언가를 만드는 사람'을 뜻합니다.

코로나가 만든 비대면의 온라인 시대, 극한의 디지털 시대에는 작가들이 생존할 확률이 높을 것이라고 확신합니다. 그렇다면 다시 묻습니다. 우리는 어떤 작가가 되어야 할까요. 비범한 작가가 되기를 꿈꾸지는 않지만, 작가로 살아가고 꾸준히 살아남기 위해 우리는 어떤 역량을 갖춰야 할까요. 지금은 그 무엇보다 생존이 중요한 시대입니다.

저는 2006년부터 작가로 불렸습니다. 앞서 보내드린 레터에서 그 시절을 '지하철에서 신문과 책을 읽던 신기한 시대'라고 말씀드린 적이 있습니다. 그 시대부터 지금까지 저는 나름대로 출판 시장에 발을 담고 살아왔습니다. 그리고 16년이라는 시간이 흐른 지금, 제가 발을 담고 있는 출판 시장의 변화의 강물은 물살이 너무 세서 가만히 서 있기조차 힘들 지경입니다. 새로운 질서와 규칙이 지배하고 있고, 그 질서와 규칙에 맞는 새로운 콘텐츠가 빠르게 쏟아져 나오고 있습니다.

2021년 12월 6일 자 『조선일보』는 경제·경영 분야 도서가 교보문고 단행본 판매 점유율 1위를 차지했다는 내용의 기사를 실었습니다. 경제·경영 분야의 책이 단행본 판매 점유율 1위를 한 것은 1980년 교보문고 개점 이래 처음 있는 일이라고 합니다. 그동안 단행본 분야에서는 인문, 소설, 아동서 등이 판매 점유율 1위를 해왔지만 이번에는 사정이 달랐습니다.

2021년 12월 13일 자 『르몽드 디플로마티크』는 〈올해의 베스트셀러 경향〉이라는 제목의 기사를 통해 '부'와 '투자', '재테크'를 이야기하는 책들이 코로나 이후 엄청난 약진을 했다고 전하고 있습니다. 흥미로운 점은 이러한 경향이 코로나 직전까지 한국 베스트셀러와는 대비적이라는 사실입니다. 기사는 2010년대 중반에서부터 2019년 정도까지 한국 베스트셀러 상위권은 에세이 분야였지만, 거의 10년간 이어져 온 그 열풍을 경제·경영서가 잠재웠다는 점에서 주목하고 있습니다. 그런데 제가 이 기사에서 더 눈여겨본 것은 "에세이의 화법으로 재테크 및 성공의 방법을 이야기하고 있다"고 한 대목입니다. 에세이든 자기계발이든 경제 · 경영 분야든, 모든 분야에서 개인의 경험과 우리의 살아가는 일상이 기반이 되고 있다는 것이죠. 이것이 가장 중요한 변화입니다. 책은 이제 지식과 정보를 전하는 수단의 역할에만 머물러서는 안 된다는 것입니다.

우리는 정보 과잉 시대에 살고 있습니다. 인터넷과 스마트폰이 등장하기 전까지 우리는 책과 신문, 잡지 등 종이매체를 통해 정보를 제공받았습니다. 그 정보들은 나름대로 선별과 정제, 가공의 과정을 거쳤죠. 기자, 작가 등과 같은 일련의 숙련된 전문가들이 그 공정을 처리했습니다. 하지만 지금은 엄청난 양의 정보가 스마트폰과 PC를 통해 쏟아집니다. 그것도 상당히 날 것인 채로요. 게다가 대부분 무료죠. 원한다면 책을 통하지 않아도 포털 사이트와 블로그, 페이스북, 트위터, 인스타그램, 유튜브 등을 통해 무한한 양의 정보를 얻을 수 있습니다. 또한 지금은 누구나 정보를 생산하고 보낼 수 있는 시대입니다. 어디에나 널려 있는 것이 정보죠. 다시 한 번 말씀드리지만, 이제 책은 정보를 전달하는 수단에만 머물러서는 더 이상 효용 가치가 없다는 말입니다.

달리 생각해 보면, 작가는 참 안정적인 직업이기도 합니다. 콘텐츠는 절대 사라지지 않을 것이고, 그 콘텐츠를 만드는 사람이 바로 작가니까요. 작가는 어떻게든 살아남을 것입니다. 사라진 건 테이프와 LP와 CD죠. 음악이라는 콘텐츠, 그 콘텐츠를 만드는 가수와 작곡가는 여전히 살아남아 어두운 동굴에서 물약을 만드는 마법사처럼 밤을 새워 작업하고 있습니다. 책에 담기는 '스토리'라는 콘텐츠는 수천 년을 견디고 살아남아 왔습니다. 우리가 소비하는 방식이 바뀌었고, 그 변화에 따라 내용과 스타일이 달라졌을 뿐이죠. 디지털 시대에는 디지털 시대에 맞는 콘텐츠가 필요합니다. 잘 만든 콘텐츠는 '0'과 '1'로 변환되어 더 빨리, 더 넓게 확산될 것입니다.

작가는 단어 하나하나를 치열하게 고민해 선별하고 직조해나가는 존재라는 생각에는 변함이 없습니다. 다만 방법과 플레이가 달라져야 한다는 말을 하고 싶은 것입니다. 그라운드가 바뀌었고 룰이 변했습니다. 그러니 플레이어도 달라져야겠죠.

그라운드, 흔히 플랫폼flatform이라고 하죠. 예전에는 작가들이 자신의 작품을 선보일 수 있는 플랫폼이 서점(단행본)과 잡지였다면 이제는 훨씬 다양해졌습니다. 블로그와 페이스북, 인스타그램, 포털 사이트, 뉴스레터 등에 자신의 글을 실

　　　　　　　　　　　　　　　자유로워지는 나

어 독자에게 전달할 수 있습니다. 독립출판물을 만들어 독립서점에서 팔 수도 있습니다. 누구나 작가가 될 수 있는 시대인 것입니다.

2021년 12월 12일 자 『아시아경제』에 재미있는 기사가 났더군요. 〈신춘문예 안 부럽다, 작가 등용문으로 주목받는 브런치〉라는 제목의 기사였습니다. 아래와 같이 요약해 보았습니다.

1) 글쓰기 플랫폼 '브런치'가 신진 작가 등용문으로 주목받고 있다.

2) 2015년 6월 100명의 작가로 서비스를 시작했는데, 6년 사이에 크게 성장해 현재는 작가 수만 4만 9,000여 명에 달한다. 8회까지 260여 개 수상작이 탄생했다.

3) 브런치에서 작가(10명)로 선정되면 상금(각 500만 원)과 출판 기회를 획득할 수 있고, 유명 출판사의 마케팅 지원으로 출판계 화제의 인물로 큰 주목을 받는다.

4) 그동안 『90년생이 온다』(웨일북), 『무례한 사람에게 웃으며 대처하는 법』(가나출판사), 『하마터면 열심히 살 뻔했다』(웅진지식하우스) 등의 베스트셀러가 탄생했다. 또한 지난해에만 63편의 브런치북 작품이 탈잉, 밀리의 서재, 윌라, 멜론 등에서 2차 저작물로 변모했다.

5) 주목할 점은 브런치를 작가 등용문으로 생각하는 글 쓴이들이 많다는 것이다.

6) 출판사 입장에서도 브런치는 원석 발굴터다. 민음사 관계자는 "신춘문예는 시·소설 부문에 집중되다 보니 그 이외의 영역에서 필자나 저자를 발굴하기에 브런치가 좋은 창구 역할을 한다"고 밝혔다.

7) 브런치 관계자는 "모바일·인터넷 환경에서 언제나 좋은 글을 쓰고, 읽기를 원하는 이용자들이 한 곳에 있는 점이 브런치의 특징"이라고 설명했다.

과거에는 글을 써도 발표할 곳이 없었습니다. 자신의 글을 활자화해 누군가에게 읽히기 위해서는 신문·잡지·사보 등 종이 매체에 글을 실어야만 했습니다. 그러기 위해서는 등단 또는 출판이라는 과정을 거쳐야 했죠. 그 과정을 거친 이들에게 보통 작가라는 타이틀이 수여됐는데, 그 타이틀을 획득하는 과정이 쉽지만은 않았습니다. 하지만 이제는 원한다면 다양한 곳에 글을 쓸 수가 있습니다. 기사 내용을 요약한 7)에서 보듯 모바일과 인터넷 환경에는 내 글과 콘텐츠를 읽어주고 보아줄 누군가가 어딘가에 있습니다. 누구나 발견될 가능성이 농후한 콘텐츠를 만들 수 있습니다. 이전과는 다른 콘텐츠 생태계가 만들어지고 있는 것이죠. 이 생태계는 점점 다양한 개성을 지닌 작가를 요구하고 있습니다. 시장은 점점 넓어지고 있습니다.

과거의 작가들은 출판사라는 플랫폼 서비스를 통해 독자를 만나고 팬을 만들었습니다. 하지만 지금의 작가들은 다양한 플랫폼을 통해 독자들과 만납니다. 예전에는 독자들이 작가라는 별자리를 쫓아 돛단배를 타고 바다를 항해했다면, 이제는 작가가 독자라는 별을 찾아 어둡고 망망한 우주 속을 떠다닙니다. 브런치에 글을 쓰기도 하고 웹 소설을 쓰기도 하죠. 블로그와 인스타그램, 유튜브를 통해 콘텐츠를 만들기도 하고요. 음악이라는 콘텐츠가 테이프라는 방식으로 소비되다가 이제는 스트리밍이라는 방식으로 소비되는 것과 마찬가지죠. 스토리를 가진 텍스트가 책과 활자가 아닌 텍스트와 영상, 오디오 등의 디지털 콘텐츠로 소비되는 세상이 됐습니다. 그리고 이 콘텐츠를 만드는 이들을 우리는 디지털 크리에이터digital creator라고 부릅니다. 저는 이들도 작가라고 불러야 하지 않을까 생각합니다.

출판사와 잡지사가 콘텐츠를 만들어줄 작가들을 키웠듯이, 이제는 디지털 콘텐츠를 만드는 이런 플랫폼 서비스들이 작가(크리에이터)를 원합니다. 그들은 작가에게 구독자나 팬을 만들어주기 위해 노력합니다. 그래야 수익을 낼 수 있으니까요. 출판사가 신문 지면에 책 광고를 하는 것처럼 자신의 플랫폼을 홍보합니다. 작가에게는 콘텐츠를 더 잘 만들 수 있는 툴을 제공하죠. (이제는 플랫폼의 시대가 저물고 플랫폼 툴의 시대가 오고 있습니다만 이건 좀 더 지켜봐야 할 것 같습니다)

플랫폼의 적극적인 행동은 작가에게 다양한 수익 모델을 만들어줍니다. 이제 작가는 글만 쓰는 것이 아니라 강연을 하고, 온라인을 통해 글쓰기 교육 과정을 직접 서비스합니다. 전문 영상팀이 작가의 영상을 촬영하고 편집하죠. 브랜디드 콘텐츠도 만들고 방송에도 출연합니다. 작가와 디지털 크리에이터의 경계가 점점 무너지고 있습니다.

그렇다면 작가는 어떤 이야기를 들려줘야 할까요. 어떤 콘텐츠를 만들어야 하는 것일까요. 이 이야긴 내일 하도록 하겠습니다. 벌써 새벽이 밝아오는군요.

자유로워지는 나

모바일과 인터넷 환경에는 내 글과 콘텐츠를 읽어주고 보아 줄 누군가가 어딘가에 있습니다. 누구나 발견될 가능성이 농후한 콘텐츠를 만들 수 있습니다. 이전과는 다른 콘텐츠 생태계가 만들어지고 있는 것이죠. 이 생태계는 점점 다양한 개성을 지닌 작가들을 요구하고 있습니다. 시장은 점점 넓어지고 있습니다.

시장을 의심하지 말고
콘텐츠를 의심할 것

저는 2000년, 기자 생활을 시작하며 콘텐츠 만드는 일을 시작했습니다. 그리고 2006년 7월 1일 프리 워커가 되면서 그 일을 지금까지 이어오고 있습니다. 제가 주로 만드는 콘텐츠는 여행에 관한 것입니다.

당시는 레거시 매체의 전성기 시절이었습니다. 사람들은 잡지를 정기구독했고, 가판대에서 시사지와 신문을 사 읽었죠. 당시 저는 한 달에 평균 20꼭지의 원고를 썼습니다. 신문과 잡지, 사외보 등에 콘텐츠를 공급했죠. 그만큼 돈도 많이 벌었습니다. 지금은 원고 청탁이 많이 줄었습니다. 한 달에 고작해야 3~4꼭지 정도밖에 쓰지 못합니다. 매체가 사라진 거죠. 요즘은 사외보를 펴내는 기업들도 별로 없습니다. 시장은 이처럼 빠르게 변합니다. 아 참, 하나 바뀌지 않은 것이 있습니다. 원고료입니다. 지금 제가 받는 원고료는 그 시절과 크게 다르지 않습니다. 15년이 흘렀는데도 말입니다.

이 시절의 콘텐츠는 정말 순진했습니다. 정보만 담으면 됐거든요. 어제 보내드린 레터에서 지금 우리는 스마트폰과 PC 등을 통해 엄청난 양의 정보를 얻고 있다고 했는데, 당시에 정보를 구할 곳은 종이 매체가 거의 전부였습니다. 책은 정보를 전달했다는 것만으로도 임무를 완수할 수 있었던 시절이었죠. '뉴욕에 여행을 가면 타임스퀘어에 꼭 가봐야 한다.' 믿기지 않겠지만, 당시에는 이런 주제로도 여행 기사를 만들 수 있었습니다. 비틀스의 노래 〈Yellow Submarine〉 같다고나 할까요. 음악도, 글도, 사람도, 모두가 순진하고 단순명료했던 시절이었습니다. 사람들은 이런 기사를 열심히 찾아 읽었습니다. 읽을거리는 한정적이었고, 사람들은 뭐라도 읽어야 했으니까요. TV 채널도 고작 4개 밖에 없었거든요.

2010년대 중반 정도인 것 같습니다. 디지털 매체가 부상하고 블로그와 인스타그램, 페이스북, 유튜브 등 새로운 디지털 콘텐츠 플랫폼이 생겨나기 시작했습니다. 누구나 콘텐츠를 만들고, 그것을 대중에게 보여줄 수 있는 시대가 된 거죠. 신문과 잡지 같은 종이 매체는 점점 잊혀졌습니다.

여행 콘텐츠는 어떻게 변해왔을까요. 단순히 정보만을 전해주던 기사는 점점 더 정밀해졌습니다. '뉴욕에 가면 타임스퀘어에 가야 한다'는 기사는 '진짜 뉴요커들이 가는 베이글 맛집 베스트 10' 스타일로 진화했습니다. 요즘에는 여기서 훨씬 더 진화했습니다. '뉴욕에 가면 찐 뉴요커들만 가는 베이글 가게가 있다. 거기에 찾아가서 직접 먹어봤는데, 정말 맛있었다. 베이글 샌드위치를 먹다가 우연히 뉴요커를 만나 이야기를 나누게 됐고, 그의 집에 초대도 받아 파티도 즐겼다.' 조금 억지스러운 설정 같기도 하지만, 이런 식의 콘텐츠가 유통되고 있는 것 같습니다. 정보는 기본이고, 여기에 작가의 관점과 체험 · 해석 · 비전이 더해져야 하죠. 1) 내가 알고 있는 정보를 2) 직접 경험하고 3) 그 스토리를 재미있게 재구성해 보여줘야 합니다. 정보와 경험과 재미(감동)가 어우러진 것, 이게 바로 콘텐츠인 것이죠.

책도 마찬가지일 것입니다. 단순한 여행가이드북은 점차 사라질 것입니다. 찾는 사람이 없을 테니까요. 정보는 인터넷에 넘쳐납니다. 저 역시 여행갈 때는 책보다 스마트폰을 먼저 봅니다. 인스타그램과 네이버로 검색을 한 후, 유튜브로 확인하고 정보를 보충합니다. 제가 몸담고 있는 출판사는 앞으로 다음 세 가지 경우에 해당하는 가이드북만 펴내기로 했습니다. 1) 정확하게 독자를 조준한 책이거나 2) 작가의 큐레이션

이 아주 훌륭하거나 3) 작가가 아주 유명인이거나.

부끄러운 이야기지만, 제가 지난해 펴낸 책 『단 한 번의 여행』은 실패했습니다. 솔직하게 말씀드리는 겁니다. 코로나로 인해 국내 여행 인구가 늘어났고, 그에 따라 국내 여행 가이드북 수요가 있을 것이라고 예상했습니다. 저는 제가 가진 국내여행 콘텐츠를 모아 정보를 전달해 주는 책을 만들었습니다. 하지만 독자들은 제 책을 집어 들지 않더군요. 생각해보니 원인은 두 가지였습니다. 1) 인터넷보다 뒤처진 정보를 담고 있었고 2) 콘셉트와 타깃이 명확하지 않았죠. 역시 독자들은 냉정하다는 것을 깨달았습니다. 부실한 콘텐츠는 100개의 이벤트로도 커버하지 못합니다.

앞으로 콘텐츠는 더 정밀하게 기획되어야 할 것입니다. 명확한 콘셉트로, 독자들의 취향에 맞게 세밀하게 가공해, 더 정확하게 조준해 날아가야 할 것입니다. 이번 실패로 여러 가지 교훈을 얻었습니다. 실패가 단지 실패로만 끝나지 않아 다행이라고 생각합니다.

자, 이제 그라운드가 바뀌었고, 룰이 변했습니다. 플레이어(작가)도 달라져야겠죠.

이제 작가는 훨씬 더 적극적이어야 합니다. 작가를 찾는 곳이 점점 많아지고 있습니다. 플랫폼이 늘어날수록 플랫폼이 필요로 하는 콘텐츠도 늘어날 테니까요. 점점 커져가는 콘텐츠 창고를 채워줄 수 있는 사람은 누구일까요. 바로 작가입니다.

디지털 세상에서는 '스토리story'가 가장 좋은 콘텐츠가 됩니다. 왜냐고요? 스토리가 가장 재미있으니까요. 스토리는 온갖 곳에 다 사용되니까요. 소설, 영화, 게임 하물며 지자체의 관광 안내 팸플릿에도 스토리가 들어갑니다. 자기소개서도 스토리죠. 여러분들이 인스타그램과 페이스북에 올리는 게시물도 스토리가 있으면 '좋아요' 수가 더 높을 것입니다. 어쨌든 돈이 되는 시장이 만들어지니 에이전시가 생겨납니다. 블로썸 크리에이티브는 김영하, 김중혁, 김초엽, 편혜영 등 스타 작가들이 소속된 매니지먼트 회사입니다. 이제 '회사'가 작가를 발굴하고 관리하는 시대가 된 거죠.

작가도 이제 종이라는 무대에서 벗어나 다른 플랫폼으로의 진출을 염두에 두어야 하지 않을까 싶습니다. 지금은 스토리가 텍스트만이 아닌, 영상과 오디오 또는 이들이 결합한 디지털 콘텐츠로 소비되는 세상이니까요. 어제 보내드린 메일에서 브런치 관계자가 "모바일·인터넷 환경에서 언제나 좋은 글을 쓰고, 읽기를 원하는 이용자들이 한곳에 있는 점이 브런치의 특징"이라고 했는데, "모바일과 인터넷 환경"에는 내가 만든 콘텐츠를 읽어주고 보아줄 누군가가 반드시 있습니다.

어떻게 보면 작가가 해야 할 일이 더 많아진 것일 수도 있습니다. 옛날에는 글만 쓰면 됐는데 새로운 세상과 시대는 작가에게 더 많은 재능과 더 적극적인 역할을 요구하고 있습니다. 작가도 크리에이터가 되어 방송을 하고, 강연을 하고 글쓰기 교육과정을 직접 서비스해야 합니다. 기업과 브랜디드 콘텐츠를 함께 만들어야 하고요. 이전과는 다른 콘텐츠 생태계가 만들어지고 있고 거기에 적응해야 합니다.

새롭게 만들어지는 콘텐츠 생태계에서는 작가가 독자와 '직거래'를 할 수 있습니다. 작가가 1인 기업이 되는 거죠. 작가는 텀블벅에서 자기가 만든 콘텐츠를 직접 세일즈합니다. 텀블벅에는 〈팀원들을 잘 다독이는 팀장의 기술〉, 〈한 달 만에 인스타그램 팔로워 10배로 늘이는 법〉과 같은 콘텐츠가 올라옵니다. 그것도 30페이지짜리 PDF 파일로요. 독자들은 이 콘텐츠를 다운로드하기 위해 기꺼이 지갑을 열어 5천 원을 지불합니다.

작가가 점점 크리에이터화하면서 팬덤도 중요해질 것입니다. 가까운 미래에 작가의 승패는 팬덤을 만드느냐, 커뮤니티를 구축할 수 있느냐에서 판가름 날 것입니다. 팬덤이란 핵심 고객이고 커뮤니티는 마켓이죠. 팬덤과 커뮤니티는 작가가 다양한 SNS 활동을 통해 만들어야 합니다. 편집자인 저도 새 책을 내기 위해 작가와 미팅을 할 때면 작가의 팔로워가 몇 명인지를 체크합니다. 새 책을 들고 서점 MD를 만나러 가면 첫 질문이 "이 작가님 SNS 팔로워 수가 몇 명인가요?"입니다.

팬을 만들기 위해서는 어떻게 해야 할까요. 진심으로 소통하는 것이 가장 중요한 것 같습니다. 독자들은 작가의 거짓을 귀신같이 눈치 챕니다. 그리고는 조용히 떠나가죠. 언젠가, 어떤 방식으로든 진실이 드러나는 시대입니다. 제가 남긴 디지털 흔적이 제 생각과 마음, 생활의 증거로 다 남습니다. 진실하지 않고서는 좋은 콘텐츠를 만들 수 없습니다. 그리고 독자들과 열심히 대화해야 합니다. 댓글을 달고 이메일을 주고받아야죠. 아, 이렇게 쓰고 보니 작가가 해야 할 일이 너무 많군요.

일본의 전설적인 편집자 미노와 고스케가 쓴 『미치지 않고서야』에도 이런 구절이 나옵니다. "앞으로의 비즈니스 중 대다수는 종교화될 것이다." 열성적인 신자를 모으지 못하면 물건을 팔 수 없다는 것이 그의 설명입니다. 그는 그 배경으로 스마트폰을 지목합니다. "스마트폰이라는 소우주 때문에 사람은 자신이 좋아하는 것밖에 보지 않는다. 그 결과, 취향이나

자유로워지는 나

삶의 방식이 무시무시한 기세로 세분화되기 시작했다."

팬이 모이다 보면 '크리에이터 이코노미'가 만들어집니다. 크리에이터(작가)가 좋은 콘텐츠를 만든다면 바로 수익으로 이어지는 것이죠. 콘텐츠의 질이 담보되고, 크리에이터에 대한 신뢰가 구축된다면 팬들은 기꺼이 콘텐츠를 삽니다. 작가는 책만 내는 것이 아니라 강연을 하고, 온라인을 통해 글쓰기 교육 과정을 직접 서비스하고, 독자들은 여기에 동참합니다. 기업과 협업하고, 콘텐츠도 만들고, 방송에도 출연하죠. 콘텐츠 생산 → 독자와의 직거래 → 신뢰도 생성 → 팬덤과 커뮤니티 구축 → 부가 콘텐츠(굿즈, 강연, 강의 등) 생산 및 판매 → 신뢰도 상승 → 더 확장된 커뮤니티 → 더 많은 콘텐츠 생산 → 더 성장한 팬덤과 커뮤니티로 이어지는 플라이휠flywheel이 만들어지는 것입니다.

디지털 콘텐츠 생태계는 더 확장될 것이고, 디지털 콘텐츠 생태계에서는 정확한 데이터가 필요할 것입니다. 제가 뉴스레터 〈얼론 앤 어라운드〉를 발행하는 것도 이 데이터를 모으기 위해서입니다. 아 물론, 저에겐 "작가님의 글을 읽고 많은 위로를 받습니다"라는 응원이 제일 소중합니다. 그렇지만 뉴스레터 발송 프로그램이 저에게 주는 데이터도 저에겐 많은 도움이 되는 것도 사실이죠. 어떤 제목에 독자들이 메일을 여는지, 모바일과 PC 등 어떤 디바이스device를 이용해 제 뉴스레터를 보는지, 아이폰과 안드로이드폰 사용자 비율이 어떻게 되는지, 몇 시에 주로 읽는지, 제 뉴스레터의 오픈율과 클릭률이 몇 퍼센트가 되는지 같은 데이터가 제가 더 좋은 콘텐츠를 만들 수 있는 동력이 됩니다.

저는 독자의 응원과 데이터를 나침반 삼아 콘텐츠가 나아갈 방향을 계속 수정합니다. 아마도 이 데이터를 통해 제가 닿게 되는 최종 목적지는 제가 처음에 계획했던 곳보다 더 높은 곳, 더 먼 곳이 될 것입니다. 이런 일련의 과정에서 독자들과 소통하게 되고, 자연스럽게 팬도 만들어집니다. 이제 독자들은 친근하고 다정한 작가를 원하며 작가와 함께 고민하고 함께 즐기기를 원하죠.

저는 시장을 의심하지 않습니다. 시대를 읽지 못하는 저와 콘텐츠를 의심합니다.

자유로워지는 나

결코 포기하지 말아야 할
2퍼센트의 그것

저는 상업적인 글을 씁니다. 클라이언트의 의뢰를 받아 여행을 다녀와서 여행지에 대한 정보와 제가 느낀 감상 등을 조합해 한 편의 에세이를 만듭니다. 클라이언트가 원하는 결과물을 만들지만, 저는 제 여행기를 읽은 사람들이 여행과 인생에 대한 '동경'을 가졌으면 좋겠습니다. 제 글을 읽은 사람들이 여행을 가고 싶어 하는 마음이 조금이라도 들었으면 좋겠고, 여행을 통해 인생은 조금 더 즐겁고 살 만하다는 것을 알게 됐으면 좋겠습니다. 세상에는 맛있는 음식이 참 많은데, 그 음식을 사랑하는 사람과 먹을 때 더 맛있다는 사실을 알게 된다면 좋겠습니다. 그렇게 된다면 그것만으로 충분히 기쁘고, 저는 제 역할을 다했다고 생각합니다.

'나의 여행이 누군가에게 동경이 되고 위로가 되었으면 좋겠다.' 제 작업은 여기에서 출발했습니다. 거창하지 않죠. 아주 소박하고 소소합니다만, 저는 이것이 제 일의 '본질'이라고 생각하며 20년 동안 여행기를 써왔습니다. 그리고 이 본질을 잃지 않으려 노력해 왔습니다. 그러다 보니 독자도 조금씩 늘어나고, 저를 이해해주는 클라이언트도 생기더군요.

　'세상이 이렇게 바뀌었으면 좋겠다'는 생각에서 많은 일과 작업이 시작됩니다. 우리가 지금 가장 많이 사용하는 앱인 〈줌zoom〉은 '먼 곳에 있는 사람들이 온라인으로 연결되면 좋겠다'는 생각에서 출발하지 않았을까요. '모두에게 도움이 되는 것'. 구글은 여기에서 시작했고 이 본질을 지키기 위해 노력하고 있습니다. 자신들이 개발한 기술의 혜택을 모두가 누릴 수 있도록 하기 위해 진입 장벽을 허물고 있죠. 인공지능과 증강현실 등의 신기술들을 여기에 이용합니다. 대화를 곧바로 텍스트로 바꿔 청각 장애인들의 대화를 도와줄 수 있는 기술인 라이브 트랜스크라이브live transcribe 등은 이 노력의 결과죠. 마스다 무네아키가 쓴 『취향을 설계하는 곳, 츠타야』를 보면 츠타야는 '경치 좋은 카페에서 커피를 마시며 책 읽는 시간을 즐길 수 있다면 멋지겠다'는 생각에서 탄생했다고 합니다. 기업뿐만이 아닙니다. 어떤 우동집은 '한국에 제대로 된 우동을 선보이겠다'는 생각에서 출발했을 것입니다.

본질에 대한 탐구는 때로 새로운 아이디어가 되기도 합니다. 카카오톡을 만든 김범수 의장은 스마트폰 사업에 대해 고민하다가 어느 날 문득 전화기의 본질은 음성 통화와 문자 보내기라는 아주 간단한 사실을 깨달았다고 합니다. 커뮤니케이션의 본질을 놔두고 왜 딴 걸 고민했을까. 이렇게 얻은 아이디어가 바로 카카오톡입니다. 그는 직원들에게도 '핵심이 무엇이고, 본질이 무엇인가?' 하는 질문을 자주 한다고 합니다.

우리가 본질에 대해 끝없이 질문하고 탐구하며 살아야 하는 또 다른 이유는 나중에 후회를 줄일 수 있기 때문입니다. 많은 분들이 콘셉트가 좋으면 성공할 것이라고 생각하는데, 막상 일을 해나가다 보면 콘셉트라는 것이 별 의미가 없다는 것을 알게 됩니다.

이제는 모든 것이 드러나고 거짓말이 통하지 않는 시대입니다. 콘셉트 잡고 움직여봐야 다들 콘셉트인 걸 눈치 챕니다. 바이브컴퍼니 송길영 부사장 역시 어느 인터뷰에서 이렇게 말했습니다. "(지금 시대는) 자기가 한 말과 행동이 진짜 자기의 것이어야 하고 서로 어긋남이 없어야 한다. 그 핵심은 약속의 이행과 공동체의 신뢰에 달려있다. 이게 무너지면 위선이다. 그래서 '도덕성보다 실천하기 어려운 과제가 진정성'이라고 실리콘 밸리의 대부 존 헤네시John L. Hennessy도 『어른은 어떻게 성장하는가』에서 토로하지 않았던가."

생각과 방식, 태도가 받쳐 주지 않으면 그 콘셉트는 곧 망가지고 맙니다. 콘셉트라는 게 말 그대로 콘셉트일 뿐이거든요. 콘셉트와 캐릭터는 일과 삶이 오랜 시간에 걸쳐 누적되어 자연스럽게 만들어지고 드러나는 것입니다. 하나의 콘셉트를 만들기 위해서는 하나의 인생이 움직여야 합니다. 콘셉트를 먼저 정하고 거기에 자기 인생을 맞추려다 보면 어쩔 수 없이 거짓말을 하게 됩니다. 거짓말은 또 다른 거짓말을 낳죠. 꼬이고 피곤해지다가 결국 들통 나고 망가집니다. 우리는 살면서 이런 경우를 많이 보아왔고 지금도 목격하고 있습니다. 인생이라는 것이 세세히 들여다보면 아주 복잡한 것 같지만, 한발 떨어져서 보면 아주 간단한 원리로 굴러갑니다. '권선징악' '뿌린 대로 거둔다' 뭐, 이런 것들 말입니다.

제 생각에는 우리의 인생을 바꿀 수 있는 방법이 두 가지가 있는 것 같습니다. 하나는 지금까지 말씀드린 대로 본질을 잃지 않는 것입니다. 끝없이 자신의 일과 삶의 본질에 관해 물으며 나아가다 보면 인생은 조금씩 변하기 시작합니다. 하나의 대단한 작품을 탄생시키는 것은 순간의 영감이 될 수 있지만, 우리의 인생은 수많은 동기와 습관, 만남, 영감 등에 의해 서서히, 아주 서서히 바뀝니다. 수만 년 동안의 바람이 바위 하나를 깎고 수억 번의 파도가 조약돌 하나를 만드는 것과 같습니다. 오늘 내 인생의 항로가 1도 바뀌었다면, 10년 뒤 내 인생은 전혀 다른 지점에 도착해 있을 것입니다. 이것이 본질에 대해 계속 묻고 탐구하며 항로를 수정해야 하는 이유죠. 항로를 수정하는 것을 '성찰'이라고도 부를 수 있을 것 같습니다. 이렇게 나아가다 보면 우리는 아주 많은 후회를 줄일 수 있겠죠. 저는 좋은 인생이 성공한 인생이 아니라 후회가 적은 인생이라고 생각합니다.

그럼 또 하나는 무엇일까요. 바닥을 겪어보는 것입니다. 인생은 절대로 쉽게 바뀌지 않습니다. 〈내 인생을 바꾼 책 한 권〉 같은 기사를 많이 보았을 것입니다. 저는 이런 기사는 심각하게 받아들이지 않습니다. 그냥 책 추천 정도로만 받아들이죠. 저는 제 글과 제 책이 누군가의 인생을 바꿀 것이라고 결코 생각하지 않습니다. 그런 기대를 하지도 않고요. 저는 다른 사람의 인생에 개입하기 싫습니다. 제 인생 꾸리기에도 벅차니까요. 저는 제 글을 읽고 여행을 가고 싶은 마음이 조금이라도 생긴다면 그것으로 충분히 만족하고 보람을 느낍니다. 사람의 인생이라는 게 한 권의 책으로 방향이 바뀔 만큼 가벼운 것이 아닙니다.

그렇다면 인생은 언제 바뀌기 시작할까요. 바닥을 쳤다고 느끼는 순간, 아 이러다가 내 인생이 정말 끝장나겠구나 하는 생각이 들 때 비로소 바뀌기 시작합니다. 그런데 더 무서운 건 이겁니다. 지금 바닥을 치고 있다고 생각하지만 그게 바닥이 아니라는 사실. 바닥은 우리가 생각한 것보다 훨씬 더 아래에 있습니다. 너무 까마득하고 깊어 가늠할 수조차 없는 곳에 있습니다. 제가 너무 비관적으로 말씀드렸나요. 아무튼 그 바닥의 삶을 버티게 하고 벗어나게 하는 힘이 내가 끝까지 지키려고 하는 본질일 수도 있다는 겁니다.

　저는 팔리는 글을 씁니다. 글을 팔기 위해 여기저기 비위를 맞추지만, 그래도 제게는 결코 포기할 수 없는 '2퍼센트'가 있습니다. 때로는 '진심'으로 표현되는, 누군가는 '진정성'으로 부르는, 어떤 이는 '자존심'이라고 표현하는, 기업은 '사명감'이라고 다소 거창하게 칭하는, 속된 말로 '가오'라고도 하는 그 2퍼센트. '결코 내어줄 수 없는 2퍼센트의 그 무엇'이 98퍼센트의 허무함을 메워주고, 차가운 바닥에서의 삶을 지키게 해주는 힘과 의지, 빛이 됩니다. 저는 그 2퍼센트를 동력 삼아 글을 쓰고 거울 앞에 선 저를 부끄럽지 않게 바라봅니다. 그 2퍼센트를 여러분도 가지고 있을 것입니다. 아니 저보다 훨씬 많이 가지고 계실 것입니다.

인생의 끝에서 우리는 최대한 후회를 줄여야 합니다. 후회를 줄이는 방법은 여러 가지가 있을 것입니다. 2퍼센트의 본질을 지키며 살아가는 것, 그것도 한 방법이 되지 않을까요.

'왜'라는 질문은
계속되어야 한다

어제 보내드린 레터에서 제가 오랫동안 글을 쓰고 여행을 계속하며 살아올 수 있었던 이유 가운데 하나가 '2퍼센트의 무엇'을 지키려고 노력했기 때문이라고 말씀드렸습니다. 오늘은 여기에 대해 조금 더 이야기해 보도록 하겠습니다.

일을 하다 보면 어쩔 수 없이 매너리즘에 빠지게 됩니다. 저 역시 그랬던 적이 있습니다. 작가에게 매너리즘은 가장 큰 적입니다. 경험이 많은 창작자는 자기만의 일 프로세서를 가지고 있고, 그래서 실수할 확률이 낮고 그만큼 확실한 결과를 남길 수 있죠. 하지만 의욕과 열정이 다소 떨어지는 것도 사실입니다. 일을 기계적으로 하는 함정에 빠질 수도 있다는 말인

자유로워지는 나

데, 이 상태가 계속 이어지다 보면 자기도 모르게 매너리즘에 빠지게 됩니다.

대략 7~8년 전의 일인 것 같습니다. 체코와 헝가리, 슬로바키아 등 동유럽을 취재할 기회가 있었습니다. 당시만 해도 카메라 장비를 많이 가지고 다녔습니다. 커다란 DSLR 카메라 바디 2대, 줌렌즈 4개, 단렌즈 1개를 가방 하나에 다 넣고 다녔습니다. 여기에 스트로보 등 액세서리와 삼각대까지 챙기면 무게가 꽤 많이 나갑니다. 배낭형 카메라 가방을 가지고 다니면 조금 수월하겠지만, 배낭형 가방은 렌즈를 바꿀 때마다 가방을 벗었다가 다시 메야 합니다. 상당히 번거롭고 귀찮죠. 그래서 어깨에 메고 다니는 가방을 주로 들고 다닙니다. 여기에 노트북이 든 백팩을 함께 메고 다니죠. 카메라 가방 무게만 대략 15~20킬로그램 정도 나가는데, 이걸 하루 종일 오른쪽 어깨에 메고 다니는 거죠. 그때 어깨를 혹사한 대가를 지금 치르고 있습니다. 여러분도 몸 아껴 쓰세요.

이야기를 하다 보니 조금 옆으로 빠졌군요. 사실은 여행 작가도 힘든 직업이라는 이야기를 하고 싶었습니다. 마냥 먹고 노는 일이 아니라는 거죠. 우스갯소리로 이런 말을 가끔 합니다. "해 뜨면 일 시작, 해 지면 일 끝, 비 오는 날은 놀아야 하고, 일 나갈 땐 언제나 연장 가방을 챙겨야 하는 직업이 바로 여행 작가다"라고요. 생각하시는 것처럼 그렇게 낭만적이고 즐거운 직업만은 아니라는 겁니다.

다시 에피소드로 돌아가서, 인천공항에서 출발해 체코 프라하 국제공항에 도착한 후, 프라하역에서 야간열차를 타고 헝가리 부다페스트에 도착해 취재를 하며, 브라티슬라바 등 여러 도시를 거쳐 다시 프라하로 돌아오는 15일 일정 취재 여행이었습니다. 많은 분들이 그러하시겠지만, 긴 출장 전에는 처리해야 할 일이 많죠. 저희도 그렇습니다. 해외 출장 중에는 원고 작업을 제대로 하기가 힘들기 때문에 출발 전 밤샘을 해서라도 할 수 있는 일은 미리 처리해 두려고 합니다. 취재를 마친 후 기진맥진한 몸으로 호텔에서 원고 쓰는 것만큼은 정말이지 피하고 싶거든요.

그때 출장에는 저와 다른 여행 작가 2명이 동행했습니다. 저뿐만 아니라 그들 역시 일을 미리 해놓고 오느라 상당히 피곤했던 모양입니다. 프라하 공항에 도착해 부다페스트 행 야간열차를 타자마자 곯아떨어져 버렸습니다. 그렇게 열차는 부다페스트를 향해 밤새 달렸습니다. 다음 날 아침, 열차는 부다페스트 중앙역에 도착했습니다. 1층 침대에 자고 있던 선배가 2층에서 자고 있던 저를 흔들어 깨우더니 묻더군요. "혹시 내 카메라 가방 네가 올려놨어?" 순간 목덜미가 서늘했습니다. 도둑맞았구나. 잠들기 전 카메라를 놔두었던 짐칸을 보니 텅 비어 있었습니다. 저희 3명의 카메라가 모두 사라졌더군요. 머릿속이 새하얗게 변했습니다. 아무 생각이 나지 않았습니다. 아마 그날 잃어버린 제 장비의 가격은 대략 1,500만 원, 일행의 가격을 합치면 대략 4천~5천만 원은 족히 될 것입니다. (누군가의 손에 들어갔을 그 카메라와 렌즈들이 좋은 사진을 찍는데 사용됐으면 하는 바람입니다) 게다가 출장 첫날이었죠. 일을 해야 하는데 일을 할 수 있는 도구가 사라져버린 겁니다. 그나마 다행이라면 여권은 도둑맞지 않았다는 것. 보통 여권은 카메라 가방에 넣어두는데 그날따라 주머니에 넣고 잤습니다. 또 하나 다행인 건 트렁크에는 비상용 똑딱이 카메라가 하나 있다는 것이었습니다.

경찰서에서 도난 확인서를 받고 (그래야 얼마 안 되는 여행자 보험이라도 적용받을 수 있으니까요.) 일단 똑딱이 카메라로 일정을 소화하기로 했습니다. 작은 카메라지만 요즘 나오는 디지털카메라는 성능이 좋아 조금만 신경 써서 찍으면 웬만한 매체에는 실을 정도의 퀄리티는 나오거든요. 그렇게 보름 동안의 동유럽 취재 여행이 시작됐습니다.

여행 작가 일을 시작한 후 그때 처음으로 주머니에 손을 넣고 여행을 다녀본 것 같습니다. 이전에는 그럴 여유가 없었죠. 수첩에 메모하고 사진 찍기 바빴으니까요. 한 줄이라도 더 메모하고 한 장이라도 더 찍어야 했거든요. 부다페스트와 프라하, 브라티슬라바로 이어지는 일정은 즐거웠습니다. 손목에 똑딱이 카메라를 걸고 다녔습니다. 몸이 가벼우니 마음도 즐겁더군요. 난생처음 여행지에서 셀카라는 것도 찍어보았습니다. 즐겁게 떠들다가도 갑자기 잃어버린 카메라가 생각나다들 시무룩해지기는 했지만, 그래도 아직도 기억날 만큼 재미있는 여행이었습니다.

동유럽 취재를 떠나오기 전, 저는 여행 작가 일을 그만두고 다른 일을 해볼까 하고 고민 중이었습니다. 일은 좀처럼 앞으로 나아가지 않았고 일에 대한 흥미도 잃어버렸을 때였거든요. 여행 작가라는 일에 대한 비전도 딱히 보이지 않았습니다. 건성건성 일했고, 그런 마음으로 일을 했으니 당연히 결과물도 형편없었겠죠. 오죽했으면 에디터에게 이런 말을 들은 적도 있습니다. "작가님, 진짜 일하기 싫으시죠?" "아니, 그걸 어떻게 알았어요?" "작가님 원고와 사진에 다 드러나 있거든요. 이건 억지로 쓰는 원고야, 이렇게요." 당시의 저는 매너리즘에 빠져 있었던 것 같습니다. 늘 해오던 방식에 따라 일을 하다 보니 열정과 호기심, 재미를 잃어버렸던 것이죠.

동유럽 출장 마지막 날이었습니다. 프라하에서의 일정이었는데, 모처럼 만에 하루 동안의 자유시간이 주어졌습니다.

저는 프라하 시내를 어슬렁거리기로 하고 아침에 카를교를 찾기로 했습니다. 프라하에서 가장 인기가 많은 곳이 바로 카를교입니다. 프라하를 찾는 모든 여행자가 몰리는 곳이죠. 언제나 관광객들로 붐빕니다. 카를교와 프라하 시내를 여유롭게 돌아보고 싶었습니다. 게다가 카메라도 없었으니 사진을 더 찍어야겠다는 욕심을 본의 아니게 버릴 수 있었죠. 이왕 이렇게 된 거 프라하나 제대로 즐겨보자 하는 심산이었죠.

새벽에 일어나 손목에 똑딱이 카메라 스트랩을 감은 후 주머니에 손을 넣고 프라하 거리로 나섰습니다. 동이 트기 전이었습니다. 아 참, 여기서 여행 노하우 하나. 유럽의 진짜 골목을 만나고 싶다면 새벽에 나가 보세요. 관광객으로 북적이는 골목과는 전혀 다른 골목을 만나게 되실 겁니다. '나쁜 녀석들'은 새벽에 다 자고 있으니까 걱정하지 않으셔도 됩니다.

사진을 찍지 않아도 되는 프라하 시내는 너무나 여유롭고 사랑스러웠습니다. 고요한 골목에는 빵 냄새가 풍겨 나오고 있었고, 이른 출근을 재촉하며 종종걸음으로 걸어가는 중년 남성의 뒷모습은 활기가 넘쳤습니다. 성당의 종소리가 울려 퍼지고 가끔 트램이 덜컹거리며 지나갔습니다. 그럴 때마다 비둘기들이 날아올랐죠. 런던, 더블린, 오슬로, 비엔나, 리스본…… 내가 지나온 도시들의 풍경이 이랬구나, 나는 사진을 찍는다고 이 풍경들을 제대로 보지도 못했구나, 이런 생각이 들었습니다.

　카를교에 도착하니 아침을 맞기 위해 서둘러 나온 여행자들이 보였습니다. 다들 북적이지 않아서 더 좋다고 생각하는 표정이었습니다. 얼마 지나지 않아 멀리 프라하 대성당 위로 해가 떴습니다. 강과 다리와 도시가 온통 황금빛으로 물들어 가더군요. 저는 그 광경을 주머니에 손을 넣은 채 오래도록 지켜보았습니다. 그 순간, '이 일을 하길 정말 잘했어' 하는 생각이 들었습니다.

　호텔로 돌아오는 길, 제가 하는 일의 본질에 대해 생각해 보았습니다. 나는 지금 어떤 일을 하고 있는 거지? 하고 스스로에게 물어보았습니다. 그때 알게 됐습니다. 저는 지금까지 여행 글을 잘 쓰고, 여행 사진을 잘 찍고 싶어 했지 여행을 잘하려고, 여행을 더 즐겁게 하려고 했던 적은 없다는 것을요. 아무리 화려한 옵션을 많이 단 차라고 해도 결국 '달리고 서기'라는 기본 기능을 잘 수행할 수 없다면 좋은 자동차라고 할 수 없을 것입니다. 비싸고 화려해 보이는 잔이라고 해도 '물을 담는다'라는 기능을 지닌 물건이라는 점은 변하지 않습니다. '잘 달리고 서는 자동차'와 '물을 담아 마시기 편한 잔'이라는 본질을 벗어나면 그것들은 존재 가치를 잃어버리는 것이죠.

　제 일의 본질은 여행 글과 여행 사진이 아니라 '여행'이었습니다. 저는 그걸 모르고 있었던 겁니다. 저는 여행 글을 잘 쓰고 여행 사진을 잘 찍으려고만 했지, 여행을 잘하려고 했던 적은 없었던 거죠. 그러니까 일이 힘들고 재미가 없었던 것입니다.

15일 동안의 출장을 마치고 한국으로 돌아왔습니다. 집에 와서 외장하드에 담긴 사진들을 열어보았습니다. 참 많이 부끄럽더군요. 그 속에는 커다란 렌즈를 가지고 다니며 아무런 고민 없이 셔터만 눌러 댄 사진들이 가득 들어 있었습니다. 그 사진 중 대부분이 지면에 실린 적도 없습니다. 굳이 찍지 않아도 될 사진들이란 거죠. 찍히는 사람 몰래 찍은 사진도 많았습니다. 대상의 감정을 전혀 배려하지 않고 사진을 찍어야 겠다는 욕심에 대상을 윽박지르며 억지로 찍은 사진도 있었고요. 그 사진을 찍는 순간 저는 훈장이라도 단 듯 자기만족을 느꼈겠지만, 지금 와서 생각해보면 아무런 쓸모도, 의미도 없는 사진들일 뿐입니다. 스스로가 너무 한심스럽더군요.

그 이후 카메라는 다시 사지 않았습니다. 집에 35㎜ 렌즈가 달려 있는 미러리스 카메라가 한 대 있었는데, 그 카메라만 들고 다녔습니다. '이 카메라로 찍지 못하는 사진은 내 사진이 아니다' 하고 생각하며 사진을 찍었죠. 그러다 보니 제가 하는 일이 사실 그렇게 큰 카메라가 필요하지는 않다는 것도 알게 됐습니다.

작은 카메라를 들고 다니니 여러 면에서 좋더군요. 인물 사진을 찍으려면 더 가까이 다가가야 했습니다. 대상과 대화하고 교감하며 더 자연스러운 표정을 찍을 수 있었습니다. 찍지 말라고 하면 안 찍었습니다. 조용히 한발 물러섰죠. 사진을 안 찍어도 제 일과 인생에 아무런 영향이 없다는 것을 깨닫게 됐습니다.

장비가 가볍다 보니 여행에 더 집중할 수 있었습니다. 여행이 더 재미있어졌고, 여행은 저에게 점점 더 의미 있고 즐거운 일이 되어갔습니다. 저는 여행을 더 좋아하고 사랑하게 됐고, 제가 만들어내는 작업물의 퀄리티도 더 좋아졌습니다.

어느 날 어떤 카메라 제조사에서 연락이 왔습니다. 카메라를 후원해줄 테니 출장 갈 때마다 사용해주면 좋겠다고 하더군요. 필요한 카메라가 있으면 언제든 가져다 쓰라고 했습니다. 지금도 그 제조사의 카메라를 쓰고 있습니다. 하지만 커다란 렌즈와 최신형 바디를 쓰는 일은 거의 없습니다. 특수한 취재 여행(갈라파고스에 바다 이구아나와 펠리컨을 찍으러 가는 경우 등)을 제외하고는 거의 안 가져다 씁니다. 35㎜ 렌즈가 달린 APS-C 센서의 2,400만 화소 카메라면 충분합니다. 지금도 이 카메라로 찍지 못하는 사진은 제 사진이 아니라는 생각에는 변함이 없습니다.

첫 전시회를 할 때, 프라하와 부다페스트, 브라티슬라바에서 똑딱이로 찍은 사진을 걸었습니다. 사진에 대한 반응이 좋더군요. 다 팔렸습니다. 그때 알았죠. 카메라의 문제가 아니라는 것을요. 아, 그때 제가 사용한 카메라는 소니 RX100입니다. 가장 먼저 나온 모델이죠. 1인치 센서를 사용합니다. 나온 지가 너무 오래 되어 지금은 중고제품을 구할 수도 없습니다. 아무튼 그 카메라로도 전시회에 걸 만큼의 퀄리티가 되는 사진을 찍을 수 있더군요.

카메라를 잃어버린 그 출장 뒤, 일과 인생을 바라보는 시선이 약간 바뀌었습니다. 제 일을 계속하고 의미 있는 삶을 살기 위해 가장 중요한 것은 내 삶과 일의 본질이 무엇인지를 아는 것이라는 사실을 깨닫게 됐습니다. 우리는 가끔 아니 자주 본질이 무엇인지를 잊어버리고 방황하고 힘들어합니다.

몇 해 전 포르투갈 리스본과 포르투를 취재할 기회가 있었습니다. 정말 가고 싶었던 도시였죠. 그때도 35㎜ 렌즈가 달린 작은 카메라 하나만 가지고 갔습니다. 예전이었다면 바디며 렌즈를 이것저것 많이 챙겼을 것입니다. 하지만 그때는 제대로 여행하기 위해 장비를 최대한 가져가지 않기로 했습니다. 그 도시를 조금이라도 더 잘 보고 싶었기 때문이었죠. 조그만 카메라를 들고 다니다가 마음에 드는 장면을 만나면 잠시 걸음을 멈추고 셔터를 눌렀습니다.

그리고 두 번 째 전시를 했습니다. 대부분 그 카메라로 찍은 사진들을 걸었습니다. 그때 저는 시를 쓰지 못한 세월에 대해 저 자신에게 굉장히 미안해하고 있었습니다. 저는 아주 오래 전이지만 시로 등단을 했습니다. 하지만 2000년에 첫 시집을 내고 난 후 지금까지 시를 쓰지 못하고 있습니다. 먹고 살다 보니 시를 잊었다고 변명하고 있지만, 마음 한구석에는 언제나 시에게 미안한 마음이 커다란 돌덩이처럼 자리하고 있습니다.

전시 오픈 전날, 갤러리에 걸린 제 사진들을 보니 눈물이 살짝 나더군요. 저는 저도 모르게 시적인 장면 앞에서 걸음을 멈추었고 셔터를 눌렀던 것입니다. 제가 쓰고 싶었던 시와 다르지 않은 장면과 시간들이 액자 속에 인화되어 있었습니다. 아, 나는 어떤 일을 하며 살고 있는 것일까, 내 일의 본질은, 나아가 내 삶의 본질은 무엇일까.

본질이 무엇인지를 탐구하는 것. 그건 오직 각자의 몫일 것입니다. 일찍 알아내고 발견한다면 좋겠지만 영원히 모를 수도 있을 것입니다. 그렇다고 다른 사람이 대신 찾아줄 수 있는 것도 아니죠. 스스로 알아나가야 하는 일입니다. 중요한 것은, 알아내지 못할 수 있더라도 이 본질을 계속 탐구해 나가야 한다는 것입니다. 그래야만 삶과 일의 중심을 잡을 수 있기 때

자유로워지는 나

문입니다.

우리는 모든 것을 타협하고 내어줄 수 있지만, 끝까지 타협할 수 없고 결코 내어줄 수 없는 2퍼센트의 무엇을 가지고 있어야 한다고 어제 말씀드렸습니다. 그것을 지키는 일은 본질에 대해 묻고 탐구하는 것에서 출발한다고 생각합니다. 소설가라면 '나는 왜 글을 쓰는가, 나는 어떤 소설을 쓰고 싶은가, 내 작업이 탐구해야 할 세계는 무엇인가'라는 질문이 될 수 있을 것입니다. 의사라면 '나는 왜 의사가 되었는가'라는 물음이 될 수도 있겠죠. 회사원이라면 '나는 왜 회사에 다니는가' 하는 질문을 해야 의미를 찾을 수 있고 발전할 수 있지 않을까요. 사업가라면 '나는 왜 돈을 벌려고 하는가'라는 질문을 가지고 일을 해야 할 것입니다.

비관이라는 현미경
낙관이라는 망원경

오랫동안 여행자로 살아오며 일과 삶의 많은 비밀을 알게 됐습니다. 그중 하나는 여행이 우리 인생의 아주 작은 걱정 하나조차도 속 시원히 해결해 주지 못한다는 것입니다. 여행은 여행으로만 끝날 때가 많더군요. 어딘가에 가서 멋진 풍경을 보고 맛있는 음식을 먹는 것, 새로운 경험을 하는 것, 쉬는 것, 그것이 현대의 여행입니다.

　요즘 여행자들은 〈100배 즐기기〉나 〈저스트 고〉 시리즈를 들고 도시 하나를 샅샅이 탐험하지 않습니다. 1~2주 정도 '이쪽 세계와는 무관한 저쪽 세계'를 즐기죠. 인스타그램에 사진을 업로드하며 느긋한 시간을 보냅니다. 이런 여행의 방식이 잘못됐고, 제가 불만을 가지고 있다는 것은 아닙니다. 현대

자유로워지는 나

의 여행은 단순히 여행에 그친다는 사실을 말하고 싶은 겁니다. 이제 어떤 깨달음을 얻기 위해, 새로운 나를 찾기 위해, 미지의 세상을 탐험하기 위해 여행을 떠나는 사람은 거의 없습니다.

여행은 해결책이 될 수 없습니다. 일을 하며 생기는 어떤 문제에 대한 해결책을 제시해 주는 것은 여행이 아니었습니다. 솔직히 말해 여행은 걱정과 불안으로부터 도망갈 수 있는 도피처의 역할을 더 자주 하죠. 문제를 실제로 해결해 주는 것은 미팅과 회의, 이메일, 자료수집, 집요한 수정입니다. 우리는 그 문제들을 해결한 후 여행을 떠나죠. 그곳에서 얼음이 든 차가운 콜라를 마시며 '에필로그'를 씁니다.

일은 꿈을 꾸는 것에서 시작합니다. 그리고 그 꿈을 실현하기 위해 구상이라는 것을 하고, 구체적인 설계의 과정을 지나 실행 단계에 들어서죠. 이때부터 지옥문이 열립니다. 서류 작업은 더디게 진행되고 설계는 변경됩니다. 현실에 맞게 수정, 수정, 수정을 반복하다 보면 처음의 구상은 찾아볼 수 없습니다. '최종시안 - 최최종시안 - 마지막시안 - 진짜마지막시안 - 이게진짜마지막 - 위에거전부무효이게마지막시안'으로 이어지는 파일명 짓기는 디자이너라면 한 번쯤 해보았을 것입니다. 계획대로 진행되는 건 하나도 없고 여기저기서 변수가 발생합니다. 이때부터 머릿속에는 물음표가 하나 둘씩 생겨나기 시작합니다. 이 프로젝트가 과연 성공할 수 있을까? 지금 내가 내린 판단이 과연 올바르고 적합한가? 스스로에게 끊임없이 질문을 던지고, 의심하고, 회의합니다. 이 과정에서 우리는 점점 비관적인 인간이 되어갑니다.

하지만 일을 할 때는 비관적이어야 하는 것이 맞습니다. 그게 훨씬 도움이 됩니다. 비관은 우리를 더 냉정하게 만들거든요. 일은 언제나 최악의 상황을 염두에 두어야 합니다. 비관이 플랜 B를 만들게 하고, 의견을 경청하게 하고, 방향을 수정하게 합니다. 뭔가 잘 안 풀리기 때문에 잠깐 멈춰 서서 주위를 둘러볼 생각을 하는 거죠.

우리는 비관하기 때문에 점검하고 고치고 남에게 도움을 청할 수 있습니다. 비판을 받아들일 수 있습니다. 비관은 지금의 디테일을 들여다볼 수 있게 해줍니다. 그런 점에서 비관은 '현미경'입니다.

한 손에 '비관이라는 현미경'을 들었다면, 다른 한 손에는 '낙관이라는 망원경'을 들고 있어야 합니다. 멀리 보아야 한다는 뜻이겠죠. 배가 세찬 태풍과 험난한 파도를 헤치며 나아갈 수 있는 이유는 수평선 너머로 새로운 대륙이 나타날 것이라는 기대와 희망을 가지고 있기 때문입니다. 그래서 선장은 망원경을 들고 수평선 너머를 탐색합니다. 우리를 성장시키는 건 비관이지만 포기하지 않고 앞으로 나아가게 하는 건 낙관입니다. 파울로 코엘류도 『연금술사』에서 이렇게 말했죠. "인생을 살맛나게 해주는 건 꿈이 실현되리라고 믿는 것 때문이지."

영화평론가 정성일이 쓴 박찬욱 감독에 대한 이야기를 읽은 적이 있습니다. 〈공동경비구역 JSA〉가 성공하기 전까지 그가 준비하는 영화들은 온갖 이유로 다 엎어졌다고 합니다. 〈테러리스트〉는 그가 시나리오까지 다 썼는데 감독이 교체되었다고 하네요. 이런 실패를 딛고 그가 10년 만에 낸 만든 영화가 〈공동경비구역 JSA〉입니다. 이런 그를 두고 "기적처럼 살아 돌아왔다"라고 정성일은 표현했습니다.

〈공동경비구역 JSA〉가 나왔을 때 정성일은 박찬욱에게 물었습니다. "만일 이번 영화도 잘 안되었으면 어쩔 뻔했어?" 박찬욱은 아무렇지도 않다는 듯이 대답합니다. "그럼 네 번째 영화를 다시 준비해야지요, 뭐. 세 번째 영화를 만들었으니까 다음 영화는 네 번째 영화잖아요." 이 대답을 듣고 정성일은 이렇게 씁니다. "나는 박찬욱의 그 낙천주의를 사랑한다. 그는 세상의 긍정적인 힘을 믿는 쪽을 택한 것이다. (……) 세상은 결국 대부분의 노력을 실패로 팽개친다. 그래서 사람들은 증오와 분노를 배운다. 혹은 포기를 희망보다 먼저 익힌다. 하지만 박찬욱은 그냥 세상을 낙관한다. 그리고 언젠가 잘 될 것이라고 말한다. 당신도 언젠가는 잘 될 것이다. 다만 지금 잘 안될 뿐이다. 그러니 포기하면 안 된다. 나도 언젠가 당신이 잘될 것이라고 믿는다."

낙관은 우리를 발전시키지 못하지만 위로해 주고 희망을 가지게 해줍니다. 낙관이라는 노를 저어가며 우리는 인생을 앞으로 보냅니다. 낙관하고 있기 때문에 인생이 우리에게 저지르는 악행을 때로는 견디고 때로는 모른 체할 수 있는 것입니다.

나쁜 일이 일어났다면 잠깐 나쁜 일에 휘말렸다고 생각해버립니다. 실수했다고 여깁니다. 운이 나빴다고 생각합니다. 운이 나쁘다는 건 좋을 수도 있다는 것이죠. 내가 가는 길의 모든 신호등이 파란불이 되는 때는 없습니다. 빨간불에 한번은 걸리게 되어 있습니다. 좋은 일만 겪으며 살 순 없죠.

'잘 될 거야.' 어려운 일이 있을 때마다 속으로 이렇게 되뇌지 않았다면 인생이라는 크고 무거운 공을 이 언덕까지 굴리며 올라오지 못했을 것입니다. 앞으로도 넘어야 할 많은 언덕이 있겠지만, 이 언덕을 넘으면 조금 나아지겠지 하는 기대가 있기 때문에 계속 시도할 수 있는 것이죠. 이 소나기만 지나면 해가 뜰 것이라는 믿음이 있기 때문에 지금의 소나기를 맞고 즐길 수 있는 것입니다.

인도 라자스탄 사람은 '이게 없어' 혹은 '저게 없어' 하면서 가만히 앉아 울고 있지 않는다고 합니다. 그 대신 그들은 스스로에게 묻습니다. "우리가 뭘 갖고 있지? 어떻게 하면 이걸 가지고 살아남을 수 있지?" 인간이니까 희망을 품을 수 있습니다. 일본의 여행작가 후지와라 신야도 『여행의 순간들』에서 이렇게 말했습니다. "바다 저편에 낙원이 있다는 그의 확신은, 가령 그것이 환상이라고 해도 이 젊은이의 삶에 조그마한 위안이 될 것이다."

그러니까 망원경을 놓지 마세요. 잘 될 거니까요. 지금 안 되고 있을 뿐이니까요.

일이 삶을
더 나은 방향으로 이끌 때

『밤의 공항에서』라는 책에서 "성공도 없고 실패도 없다"라고 쓴 적이 있습니다. 살수록 이 말이 맞는 것 같습니다. 저보다 돈을 많이 번 사람이 저보다 더 성공한 것처럼 보이지만, 사실은 그게 아니라는 것을 이젠 알고 있습니다. 제가 그보다 작은 집에 살고 낡은 자동차를 탄다고 해서 그 사람보다 실패한 인생이 아니라는 것도요. 아마 이 말에는 많은 분들이 고개를 끄덕일 것입니다.

삶과 일은 스포츠가 아닙니다. 단숨에 끝나는 승부가 아니라는 말입니다. 삶이 천천히 흘러가듯 일도 아주 느리게 진행됩니다. 바다 위에 떠 있는 컨테이너선을 바라보는 것과 같

자유로워지는 나

죠. 컨테이너선은 멀리서 보면 움직이지 않는 것 같지만, 한 시간 뒤에 보면 어느새 저만큼 이동해 있습니다. 수많은 짐을 싣고 악착같이 달려간 결과입니다.

삶을 산다는 것 그리고 일을 한다는 것, 그것은 엄청난 무게를 견디는 동시에 앞으로 나아가는 일입니다. 그 과정에서 실패하기도 하고 재능에 대해 의문을 가지기도 합니다. 사람에게 상처받기도 하고 때론 운과 인맥이 끼어들기도 하죠. 훼방꾼들도 많습니다. 쉽지만은 않죠.

많은 사람이 제게 하고 싶은 일 하고 살아서 좋겠다고 말합니다. 하하하, 오해입니다. 하기 싫은 일을 하는 시간이 더 많습니다. 여행 작가는 노트북과 카메라를 들고 전 세계를 돌아다니며 간지나게 일하는 디지털 노마드digital nomad가 아니라 시차 적응도 못 한 에티오피아의 새벽 호텔 방에서 담요를 뒤집어쓰고 몽골의 가을에 대해 쓰고 있는 '눈물의 원고노동자'일 뿐입니다.

앞서 말했다시피 저는 '여행을 좋아하지 않는 여행 작가'입니다. 여행 작가가 된 건 우연이었습니다. 신문사에서 문학 담당 기자를 하다가 여행 담당 기자가 되었고, 여행 잡지를 거쳐 여행 작가가 된 것뿐입니다. 글을 쓰며 살고 싶었지만, 굳이 여행 작가가 되려고는 하지 않았습니다. 그런데 제가 할 수 있는 일 중에 가장 잘하는 일이 글 쓰는 것이고, 글로 먹고살기 위해 글을 쓰다 보니 '어쩌다, 여행 작가'가 된 것이죠.

일의 즐거움은 오래 가지 않습니다. 일에 점점 익숙해지고 호기심이 사라져 버리고 나면 그야말로 '일'만 남게 되죠. 성과를 내는 것이 중요해지는 것이죠. 낚시꾼이 어부가 되는 순간이 오는 겁니다.

어부와 낚시꾼은 다릅니다. 생계를 유지하기 위해 고기를 잡는 사람과 즐거움을 위해 낚싯대를 던지는 사람의 마음과 각오 그리고 일의 방식은 분명 달라야 합니다. 어부는 자신이 잡은 고기를 사줄 경매사나 식당 주인 등의 고객 혹은 클라이언트를 염두에 두어야 합니다. 잡은 고기의 상태와 신선도 등 퀄리티에 신경을 써야 하는 거죠.

우리는 낚시꾼이 아니라 어부가 되어야 합니다. 더 큰 고기를 잡기 위해 새벽에 바다로 나가야 하고, 좋은 낚싯대를 사기 위해 투자를 해야 하죠. 좋은 자리를 찾기 위해 발품도 팔아야 하고요. 전략이 필요하다는 겁니다. 저는 한때 다른 어부와 경쟁하며 살아간다고 생각한 적이 있었습니다. 하지만 지금은 그렇게 생각하지 않습니다. 살다 보니 그리고 일을 하다 보니, 저는 저만의 콘텐츠를 만들고 있었고, 다른 작가들은 그들만의 콘텐츠를 만들고 있더군요. 제가 잡고 싶은 고기가 있고 저는 그 고기를 잡기 위해 자리를 선택하고, 적당한 시간을 골라 낚싯대를 던집니다.

우리는 스스로 일을 선택하고, 일을 잘하는 방법을 찾기 위해 노력하고, 일을 통해 성과를 만듭니다. 때로는 만족하지만 때로는 불만스럽습니다. 하지만 뒤돌아보니 우리는 어느새 이만큼 살아왔군요. 잘해왔습니다. 스스로를 대견해하고 충분히 자랑스러워해도 됩니다.

각자가 각자의 자리를 만들고, 그곳에서 각자의 콘텐츠를 쌓아 올리는 것이 일이고 곧 삶입니다. 이 세계에는 최종 승자도 없고 패자도 없습니다. 전략을 가지고 성실하게 콘텐츠를 만들어 가다 보면 나도 승자가 되고, 당신도 승자가 될 수 있습니다.

노력만 한다고 성공하는 시대는 아주 오래전에 지나갔습니다. 노력을 쏟고 있지만 잘되고 있지 않다면 잠시 멈춰보는 건 어떨까요. 가만히 서서 주위를 둘러봅시다. 내가 지금 어디까지 왔는지, 어디에 서 있는지, 앞으로 어디로 가야 할 것인지, 혹시 잘못된 길에 들어선 건 아닌지를 살펴봅시다. 분명 내가 들어갈 만한 빈자리가 있고 우리가 공략할 곳이 남아있을 것입니다.

상대를 이기려고 하는 것보다는 내 콘텐츠를 어떻게 멋지게 만들까 하고 노력하는 것이 인생에 훨씬 도움이 된다고 생각합니다. 피카소는 평생을 통해 한 삽 한 삽 흙을 퍼서 그만의 봉우리 만들었습니다. 살바도르 달리와 앤디 워홀도 마찬가지입니다. 그들은 서로 경쟁하지 않았습니다. 각자의 봉우리에 올라가 서로를 바라보며 웃을 뿐입니다.

우리의 인생이란 또 일이란, 그와 다르지 않을 것입니다.

각자가 각자의 자리를 만들고, 그곳에서 각자의 콘텐츠를 쌓아 올리는 것이 일이고 곧 삶입니다. 이 세계에는 최종 승자도 없고 패자도 없습니다. 전략을 가지고 성실하게 콘텐츠를 만들어 가다 보면 나도 승자가 되고, 당신도 승자가 될 수 있습니다.

매일매일 신기록을
세울 필요는 없습니다

운이 좋았던 것 같습니다. 작가로, 프리 워커로 지금까지 살아오며 좋아하는 일을 해왔으니까요. 지난 2006년 이후로 한 번도 회사에 다니거나 급여를 받아본 적이 없습니다. 글을 쓰고 사진을 찍으며 살아왔습니다.

일과 삶의 방식은 언제나 변화하고 있었고, 그 변화에 적응하며 시간을 헤쳐왔습니다. 힘이 들어 포기하고 싶은 순간도 있었습니다. 그래도 때로는 기쁘고 보람을 느낄 수 있어 여기까지 온 것 같습니다.

지금 이 자리에서 생각해보니, 인생은 포기할 수 있는 것이 아닙니다. 우리가 인생을 포기하려고 하더라도, 인생이 우리를 포기하지 않으니까요. 살아있을 때까지는 살아가야 하는 것이 인생입니다.

얼마 전, 모니터용 새 안경을 맞췄습니다. 눈이 많이 나빠져서 모니터가 흐릿하게 보였거든요. 노안이 왔나 보다 했습니다. 언제부터인가 가까운 것들이 흐릿하게 잘 안 보이더군요. 새로 맞춘 안경을 쓰니 거짓말처럼 선명하게 보였습니다. 이제는 가까이 있는 것들, 옆에 있는 것들을 잘 챙겨야 하는 나이가 됐다는 걸 알게 됐습니다. 멀리 봐야 하는 나이가 아닌 거죠.

지금까지 가질 수 없는 것들은 어쩌면 영원히 가질 수 없을지도 모릅니다. 가진다면 운이 좋다고 생각할 것입니다. 가까이 있는 것들을 손에 더 꽉 쥐고, 더 잘 들여다보고, 더 꼭꼭 챙기고 살아야겠습니다. 다시 스케줄러를 봅니다. 마감과 강연, 방송 일정 사이에 챙겨야 할 생일들이 반짝입니다.

일이라는 게 삶의 한 부분일 뿐입니다. 일도 중요하지만, 사람이 더 중요합니다. 우리는 매일매일 신기록을 세울 필요가 없습니다. 일을 시도하고, 실패하고, 성취하는 과정에서 우리는 더 나은 사람이 되어갑니다. 그것보다 더 큰 성취는 없습니다.

죽을 때까지 일을 해야 한다면, 일을 통해 더 나은 사람이 되어보는 건 어떨까요. 더 나은 사람이 되어 우리는 더 나은 사랑을 합시다. 조금만 더 서로를 바라봅시다. 우리에겐 시간이 없지만, 다행히 우린 아직 늦지 않았고 서로를 사랑하고 있으니까요.

에필로그